Wenn die Palme die Blätter verliert . . .

In einem kleinen Dorf in Südkamerun wurde Jean-Félix am 22. 1. 1956 geboren. Sein Stamm »Beti« betreibt dort im tropischen Regenwald Ackerbau und Kleinviehzucht für den Eigengebrauch. Im Dorf lernte der Sohn des Schmiedes Trommel und Balafons kennen, besuchte er die Grundschule. 1972–1977 lernte er an der Oberschule Libamba, begegnete der Blockflöte und Gitarre und begann, selbst Instrumental- und Chorsätze zu schreiben; dadurch gelangte er in der Hauptstadt Yaoundé in ein Kammerorchester, als er dorthin zum Studium der evangelischen Theologie überwechselte. Dort lernte er seine Frau, die aus Deutschland entsandte Lehrerin Sabine Dengler aus Hallerstein (Oberfranken) kennen; mit ihr kam er nach Deutschland und schloß sein Studium mit dem Magistergrad ab. Das Ehepaar hat drei Kinder und übernimmt 1988 eine neue Aufgabe in Kamerun.
Belinga Belinga entdeckte die Freude am Schreiben anläßlich einer Preisaufgabe, die unter dem Thema »Evangelium und Kultur« 1983 von der Evangelischen Kirche der Union ausgeschrieben wurde. Seine Erzählung »Der Sohn des Pfarrers« erhielt einen Preis. Sie spiegelt, wie die anderen Erzählungen in diesem Band, die Spannungen in Gesellschaft und Kirche, zwischen Alt und Neu, zwischen Land und Stadt wider – Konflikte, unter denen die Entwicklung des Landes leidet.
Jean-Félix Belinga Belinga hat noch drei Geschwister – zwei seiner Brüder sind Lehrer; das Ehepaar hat drei Kinder mit einer doppelten Heimat: in Kamerun und in Deutschland. So steht die Familie selbst in der Spannung, die sich in den Erzählungen ausdrückt.

Jean-Félix Belinga Belinga

Wenn die Palme die Blätter verliert...

Erzählungen aus Kamerun

Verlag der Ev.-Luth. Mission Erlangen

Erlanger Taschenbücher Band 88
Der Verlag der Ev.-Luth. Mission Erlangen bildet mit dem Freimund-Verlag Neuendettelsau die Verlagsgemeinschaft Weltmission

CIP-Titelaufnahme der Deutschen Bibliothek
Belinga Belinga, Jean-Félix:
Wenn die Palme die Blätter verliert...: Erzählungen aus Kamerun / Jean-Félix Belinga Belinga. – Erlangen: Verlag der Ev.-Luth. Mission, 1988
(Erlanger Taschenbücher; Bd. 88)
ISBN 3-87214-188-0
NE: GT

Umschlag: Helmut Herzog
Geschnitzte Spiel-»Steine« aus Nußschalen
Druck: Freimund-Druckerei Neuendettelsau

Die Nacht des Professeurs

Das ganze Dorf freute sich jedes Jahr von neuem auf den Fischfang. Wenn in den ersten Juliwochen die Hitze wieder stärker wurde und die Flüsse weniger Wasser führten, dann zogen die Frauen an die Bachläufe. Die Zeit zum Fischen war gekommen. Früh am Morgen brachen sie auf, in großen Gruppen. Jede hatte ihre Machete bei sich, das scharfe Buschmesser; dazu trugen sie ein kleines Netz, einen Korb und eine Schüssel. Singend begleiteten die Kinder den Zug. Wo sie konnten, hatten sie zu helfen. Die großen Jungen etwa kümmerten sich um die Kleinkinder, die im Schatten niedergelegt waren.

Fische fangen ist eine schwere Arbeit. Die Frauen bauten Dämme, um Stück für Stück das Wasser aus dem Bach schöpfen zu können. Der Hauptdamm mußte wochenlang halten. Freilich, es lief kaum Wasser nach.

Doch das Wasser, das nun zwischen den Dämmen stand, mußte mit Schüsseln ausgeschöpft werden, und das war die anstrengendste Arbeit. Die Frauen sangen dabei, und sie wechselten sich immer wieder ab – die eine Gruppe schöpfte, die andere ruhte aus. War das Wasser erst abgeschöpft, konnten die Frauen ganz leicht die Fische fangen. Das ging so bis zum Anbruch der Dunkelheit; am Ende wurde die Ausbeute des Tages unter den beteiligten Frauen verteilt. Das war das Amt der Ältesten, und selbst wenn sie es ganz gut ausführte – ohne Murren und Unzufriedenheit verging selten ein solcher Abend.

Doch am nächsten Morgen zogen die Frauen von neuem aus, mit neuem Schwung, mit der Freude, die sie bei dem gemeinsamen Fischfang hatten, mit der Liebe für diese gewinnbringende Abwechslung im Jahreslauf.

Während die Frauen an den Bächen arbeiteten, fällten die Männer des Dorfes Bäume, um Platz für neue Felder zu schaffen. Die meisten gebrauchten dazu Äxte; nur wenige konnten sich eine Motorsäge leisten. Wodi zum Beispiel besaß eine. Wodi war überhaupt etwas Besonderes, denn er leitete die Mittelschule im

Nachbarort; er stammte aus dem Dorf. Und als einziger im ganzen Dorf besaß er ein Auto. Er war der Stolz der Dorfgenossen. Er nahm am Leben des Dorfes teil, und Wodis Frau mit ihren Kindern war an jenem Morgen selbstverständlich mit den Frauen des Dorfes zum Fischfang gegangen.
Wodi wartete noch. Der junge Lehrer Bodo verstand sich viel besser auf den Umgang mit der Motorsäge. Endlich kam er; Bodo fuhr eine Suzuki 100. Er stellte sie ab, denn zunächst lud ihn Wodi zum Frühstück ein; er hatte auf seinen jungen Kollegen damit gewartet, denn es gab in diesen Tagen ein besonders gutes Frühstück, Reste vom Vorabend, frischer Fisch mit gestampften Kochbananen. Die beiden konnten sich satt essen und nahmen noch Proviant mit, den Wodis Frau vorbereitet hatte. Dann machten sie sich auf den Weg zum Wald.
Als sie aufbrachen, kam Tamba angerannt. »Könnt Ihr mich nicht mitnehmen? Ich möchte gern lernen, mit einer Motorsäge umzugehen; wo könnte ich das besser, als wenn ich bei Bodo zuschaue und mithelfe?«
»Wenn Monsieur Wodi nichts dagegen hat – meinetwegen!«, antwortete Bodo. Wodi erhob keinen Einwand. Sie wußten zwar beide, daß es nicht gut war, Dritte den Gefahren dieser Arbeit auszusetzen. Aber Tamba gehörte sozusagen zur Familie. Er war ein gutmütiger Kerl und verbrachte die meiste Zeit in Wodis Familie. Tamba half bei allen Arbeiten mit, und es gab genug Arbeit, die Wodi nicht selbst tun konnte. Tamba nahm ihm die Gemeinschaftsarbeit im Dorf zum größten Teil ab, und Wodi verstand es, sich zu bedanken. War Wodi nicht im Dorf, so konnten andere die Hilfsbereitschaft Tambas in Anspruch nehmen; man mochte ihn. Nur eines führte immer wieder zu Gerede: Tamba war schon ein Mann und heiratete doch nicht. Das vertrug sich nicht mit den Sitten im Dorf.
Wodi und Bodo nahmen Tamba mit in den Wald. Das neue Feld, das urbar gemacht werden sollte, war sehr groß. Drei Monate hatten drei Männer schon dort gearbeitet. Das Feld grenzte an den Bach, in dem die Frauen Fische fingen. Als der Lärm der Motorsäge den dichten, hohen Wald durchdrang, antwortete

Wodis Frau mit einem schrillen Schrei. Alle Frauen schlossen sich ihr an. Sie bewunderten Wodis Frau. »Wer von denen, die mit den Weißen zusammenarbeiten, schafft es schon, für sein Dorf solche Felder vorzubereiten?« So dachten sie, und so oft ein Baum fiel, wiederholte sich ihr schriller Schrei. Kurz zuvor hörten sie jeweils einen kurzen Ruf der Männer – jeder im Wald mußte ja wissen, was dort passierte; die riesigen Bäume waren gefährlich im Fallen. Alle wußten das; immer wieder kamen Unfälle vor; alle sieben, acht Jahre kam jemand bei dieser Arbeit um. Der Ruf, nachdem der Baum gefallen war, war also wichtig, ein echtes Lebens-Zeichen!
Von der Ferne verfolgten die Frauen, was immer bei den Männern vor sich ging. Sie ahnten, wann jene den Tank der Säge auffüllten; sie wußten, wann sie ihre Essenspause machten. Da die Frauen ihrerseits Proviant mitgebracht hatten, machten sie auch zur selben Zeit ihre Pause. Freilich fingen sie früher wieder an zu arbeiten; bei den Männern währte die Pause etwas länger. Doch dann gingen auch sie erneut an die Arbeit. Bald fiel wieder ein Baum, folgte wieder der schrille Schrei.
Dann dauerte es etwas länger. Die Frauen am Bach erkannten, daß es ein besonders starker Baum sein mußte. Als er fiel, schrie ein Mann. Schrill antworteten die Frauen. Bis eine anfing, mit großen Bewegungen die anderen zur Stille zu ermahnen. Ihr war etwas aufgefallen. Der Schrei des Mannes war nicht jener kurze Ruf gewesen; das Geschrei hing noch immer in der Luft. Schließlich wurde es weniger und hörte auf.
Etwas war passiert. Niemand wußte, was es war. Die Frauen hörten nichts mehr. Sie standen ratlos da; sollten sie ins Dorf gehen oder weiterfischen? Zunächst gingen sie wieder an den schlammigen Bach. Aber als sie längere Zeit nichts mehr hörten, beschlossen alle Frauen, ins Dorf zurückzukehren. Wodis Frau rannte voraus.
Als sie zu Hause ankam, war niemand da. Auch das Auto war weg. Keiner, der ihr hätte sagen können, was passiert war. Nur eins war klar: Einzig ihr Mann konnte Auto fahren: also mußte er weggefahren sein. Also ging es ihm gut. Das beruhigte sie.

Aber die Ruhe war nur vorübergehend. Was war mit Bodo? Auch ihm durfte nichts geschehen sein. Während die anderen Frauen eintrafen, verging einige Zeit. Fast eine Stunde lang warteten sie und konnten nichts unternehmen. Alle waren wie gelähmt.
Dann kam das Auto. Sofort wurde allen klar: Der kleine Palmzweig vorn am Auto konnte nur eins bedeuten. Bodo saß tot neben Tamba, der ihn auf dem hinteren Sitz des Autos festhielt.
Noch ehe das Auto zum Stehen kam, erhoben alle Frauen ihre Stimmen zu lautem Geschrei. Mit gehobenen Händen rannten sie hin und her – es war, als wollten sie ihre Schreie in den Himmel heben. Einige, die inzwischen nach Hause gegangen waren, kamen eilig herbei, teilweise hatten sie das Auto kommen gehört, teilweise durch das Schreien alarmiert.
Wodi stieg ab. Auch er weinte. Er ging in sein Haus und nahm seine Frau mit hinein. Dort erzählte er, was geschehen war:
Bodo hatte den Baum schon fast zum Fallen gebracht; starke Lianen fesselten ihn an einen anderen, und als er endgültig stürzte, riß er den zweiten Baum mit sich. Bodo hatte nichts bemerkt; vergeblich hatte ihn Wodi angerufen. Ein Ast des zweiten Baumes fiel genau auf seinen Kopf und drückte ihn zu Boden.
Als Wodi merkte, daß er noch lebte, hatte er ihn mit Tamba schnell ins Dorf getragen, ins Auto geladen. Sie wollten ihn nach Ngulu ins nächste Krankenhaus bringen. Aber nach einem Drittel des Weges merkten sie, daß Bodo tot war.
»Wie bringe ich die Leiche jetzt zu seiner Familie?«, fragte Wodi. »Wie werden die Kondos hinnehmen, daß einer von ihnen bei uns, im Klan der Kandés, unter solchen Umständen gestorben ist? Sie werden einen Schuldigen suchen. Und da das Feld uns gehört, werden sie mich für seinen Tod verantwortlich machen. Für ihr Denken kommt noch etwas dazu: Ich habe einen besonderen Beruf – und keiner kann groß werden, ohne daß es andere Menschen das Leben kostet ...«
Sie hatten aufgehört zu weinen. Sie wurden immer nachdenklicher. Erst jetzt begriffen sie, daß dieser Tod weitere Folgen ha-

ben würde, spürten, was auf sie zukam.

»Geh in die Stadt, hol die Gendarmerie und lasse sie dich begleiten, wenn du die Leiche zu Bodos Familie fährst. Oder warte, bis die Männer vom Feld zurückgekommen sind, ja, laß einige holen, um dich zu begleiten.«

»Das alles macht die Sache nur noch schlimmer. Komme ich ohne Begleitung, ist es sicher riskant. Aber jede Begleitung, die Muskeln spielen läßt, wirkt wie ein Zeichen, daß ich Streit suche. Und das wäre gefährlich, falls sie doch freundlicher reagieren, als wir erwarten. Ich glaube, es ist besser, wenn ich allein mit Tamba gehe.«

»Du weißt aber auch, wie Bodos Brüder sind«, erwiderte seine Frau. »Du weißt, wozu sie fähig sind. Der Älteste saß schon zweimal im Gefängnis – du weißt wohl noch, warum? Erst hatte er einen Haoussa, der seine Kühe vorübertrieb, zusammengeschlagen und ihm gedroht, eine Kuh wegzunehmen. Das andere Mal hatte er das Kochhaus einer alten Frau in Brand gesteckt. Und sein Bruder hielt allemal zu ihm und half ihm. Meinst du, sie werden mit dir anders umgehen? Allein kannst du nicht gehen. Ich bitte dich, tu das nicht!«

Draußen wurde es plötzlich still. Wodi und seine Frau hörten auf zu sprechen. Denn nun begann eine Frau zu schreien, die sich dabei auf dem Boden wälzte; das tun Frauen, wenn sie besonders tief getroffen sind. Zugleich ließ es die anderen Frauen erneut aufweinen. Wer war da gekommen? Kaum standen Wodi und seine Frau auf, als eine Nachbarin hereinkam und zu ihm sagte: »Man läßt dich rufen.«

Langsam und mit klopfendem Herzen ging Wodi hinaus. Bodos Bruder stand vor der Tür, jener jüngere, und seine Mutter war es, die dort schrie.

Die beiden Männer sahen sich an. Keiner sagte ein Wort.

Schließlich fing Wodi an: »Es ist gut, daß du gekommen bist.«

Er bekam keine Antwort. Drum sagte er weiter: »Es war noch auf dem Feld, daß es passiert ist. Er hatte den Baum schon gefällt...«

»Wem erzählst du das alles? Ich bin nicht gekommen, um mir Erzählungen von dir anzuhören; dazu komme in unser Dorf und erzähl es uns dort. Ich bin gekommen, um die Leiche abzuholen.«

Die Frauen waren still geworden und hörten aufmerksam zu.

»Ich fahre ihn schon hin. Wie willst du die Leiche hinschaffen? Es sind ja zehn Kilometer!« sagte Wodi.

»Red kein unnützes Zeug! Wenn du ihn zu uns fahren wolltest, was wir sehr geschätzt hätten, dann müßte es längst geschehen sein. Ich trage meinen Bruder auf meinen Schultern bis nach Hause. Also schließe das Auto auf und lasse mich ihn nehmen!«

Es schien ein heftiger Streit zu werden. Da kam die Mutter, die sich inzwischen etwas beruhigt hatte, zu den beiden und sagte: »Hör auf, mein Sohn! Ich habe noch nie gesehen oder gehört, daß einer allein eine Leiche so weit auf der Schulter trägt. Was Wodi tun will, lasse ihn tun. Er wird Bodo zu uns fahren, und niemand soll sich aufregen!«

»Das lasse ich nicht zu!« schrie der Bruder.

»Du wirst es zulassen müssen!« schrie die Mutter ihn an. »Bodo ist nicht nur dein Bruder. Er ist auch mein Sohn. Und jetzt benimm dich doch mal wie ein Mensch und nicht wie ein wildes Tier! Du weißt genau so gut wie ich, wie gut sich Bodo und Wodi verstanden haben. Du weißt, wie oft Wodi in unserem Haus war. Sie sind mehr als Freunde. Sie sind Brüder. Und wenn Wodi ihn nicht gleich zu uns gefahren hat, dann war es sicher wegen solcher kopflosen Leute wie dir. Vor euch muß man ja immer Angst haben. Jedenfalls wird Wodi seinen Bruder nach Hause fahren.« Sie brach wieder in Tränen aus.

Wodi zog seine Arbeitssachen aus und saubere Kleidung an. Dann fuhren sie los, aber ohne Bodos Bruder; der war zu Fuß losgegangen – unter keinen Umständen würde er in dieses Auto steigen.

Während der Fahrt erzählte Wodi der Mutter alles noch einmal. Dann wollte er wissen, wieso sie denn schon so schnell dagewesen seien, sie und ihr Sohn. Eine Zeitlang konnte sie nichts sagen; sie hing an der Leiche ihres Sohnes und weinte ununterbrochen. Auch Tamba gelang es nicht, sie zu beruhigen.

Endlich fing sie – stockend – an zu erzählen. Sie alle, sie und ihre zwei Söhne, waren wie verzaubert gewesen. Weder wollten die Männer aufs Feld gehen noch die Mutter zum Fischfang. Sie hatten es selbst nicht verstanden; normalerweise spürte man es so, wenn Regen in der Luft lag. Aber das Wetter war prachtvoll. Sie selbst kannte es überhaupt nicht an sich, daß sie einfach nicht aufs Feld gehen »konnte«. Schließlich hatte sie gemeint, wenigstens ein paar Palmnüsse und etwas Holz im Wald holen zu sollen. Aber auch aus dem Wald trieb es sie heim, kaum daß sie die Nüsse hatte, ohne Holz. Auf dem Heimweg war ihr, als liefe jemand hinter ihr her. Es war aber niemand da, und auch das beunruhigte sie.

Zuhause nahm sie die Palmnüsse aus dem Korb. Da hörte sie, wie ein Mann den jüngeren Sohn fragte: »Wo ist Bodo?«

»Er ist bei seinem Direktor. Er hilft ihm, Bäume für sein Feld zu fällen«, hatte der Sohn auf der Veranda geantwortet. Der Mutter wurde unheimlich; sie zitterte. Für sie steckte in dieser Frage eine schlimme Nachricht, ein schlechtes Vorzeichen. Dann war nichts mehr zu hören.

Als sie aus dem Haus trat, bog der Mann mit seinem Fahrrad von der Straße ab und kam näher.

»Was ist los?« hatte sie ihn gefragt.

»Ich habe Bodo gesehen. Er saß im Auto von Wodi«, erzählte der Mann. »Es schien ihm nicht gut zu gehen; er lehnte an einem anderen Mann auf der hinteren Bank. Ich weiß nicht, wo sie hinfuhren. Aber ich sage, es sah sehr schlecht aus. Es wäre sicher sinnvoll, dorthin zu gehen und zu versuchen, dort zu erfahren, was los ist.«

Der Mann wartete noch einen Augenblick, dann fuhr er weiter. Er hatte eine lange Reise hinter sich.

»Ich war wie im Boden verwurzelt«, erzählte die Mutter weiter. »Ich wußte nicht, womit anfangen. Ich dachte nach, und es erschien mir wie ein kleines Licht: Vielleicht sollte all das Unerklärliche dieses Tages nun doch seine Erklärung bekommen. Wir sind schließlich alle zwei losgerannt. Gerannt sind wir! In meinem Alter, daß ich so weit rennen konnte! Als wir uns dann eurem Dorf näherten, wurde mir alles klar. Das Schreien der Frauen brachte mir die schlimme Nachricht.«

Wieder ging ihre Stimme in Wehklagen über. Dabei machte sie mit ihrer freien Hand, die nach oben gehoben war, große Bewegungen.

Nun erzählte auch Wodi, was ihnen vorher merkwürdig vorgekommen war. Auf dem Weg zum Feld hatten sie einen toten Maulwurf gesehen. »Obwohl wir alle wissen, daß das ein böses Zeichen ist, haben wir trotzdem kein Interesse an dieser Erscheinung gehabt. Auch dann nicht, als wir den Bofio-Vogel hörten, auf dessen Ruf Tamba uns aufmerksam machen wollte. Bodo hat zu ihm gesagt, wir seien doch keine Kinder. An so etwas glauben doch heute nur noch Kinder. Und so hat keiner von uns mit dem gerechnet, was dann gekommen ist. Ich weiß nun nicht, sollen wir weiter an solche Zeichen glauben, oder soll es wirklich eine Sache der Kinder bleiben? Stimmt es vielleicht, daß man ein Unglück weglenkt, wenn man an das zuvor kommende Zeichen glaubt?« Die Stimme des Lehrers war nachdenklich.

Sie kamen in Bodos Dorf an. Mit der Holztrommel wurde das ganze Dorf von den Feldern und vom Fischfang herbeigeholt. Kurze Zeit darauf kam auch der jüngere Bruder; er hatte nicht weit laufen müssen, weil ein Unbekannter ihn auf seinem Motorrad mitgenommen hatte.

»Was willst du jetzt machen?« fragte die Mutter Wodi.

»Ich will zunächst warten, bis alle anderen kommen.«

»Nein«, sagte sie. »Fahre lieber zurück. Wir wissen jetzt, wie du stehst. Das heißt, ich weiß es. Ich werde es den anderen sagen. Habe keine Angst. Ich habe dich jetzt gefragt, um alles genau von dir zu hören; ich werde es den Ältesten des Dorfes genau so erzählen, wie du es mir gesagt hast. Ich wußte, daß du bleiben wolltest. Aber fahre lieber gleich zurück!«

Wodi wußte nicht, ob er der Mutter folgen sollte. Er fand es besser, einfach zu warten, geschehe, was wolle. Sollte er jetzt fliehen statt um seinen Freund zu trauern und zu hören, was die anderen sagen? Daß viel gesprochen würde, das wußte er. Die Ältesten des Dorfes würden die Lage nach ihrer Weise abwägen und alles beraten, was in diesen Zusammenhang gehörte. Was würden sie sagen? Wodi wollte es gern wissen. Aber die Mutter hatte gesprochen; jetzt nach dem eigenen Willen zu handeln, wäre nicht klug. Also stieg er ein. »Ich bin aber trotzdem mit euch zusammen und werde zum Begräbnis kommen«, sagte er der Mutter, bevor er fuhr.

Wodi war kaum weg, als sich das Dorf versammelte. Es verwandelte sich in eine Gemeinschaft der Wehklage. Die Frauen gingen im Kreis oder wälzten sich auf der Erde und weinten; die Männer standen in Gruppen und besprachen das Ereignis. »Ein so junger Mann!« war da oft zu hören. Oder »Ein so kluger Junge« oder »Wer kann es denn gewesen sein? Wieder Kokolo?« Das war das Stichwort, um das die Gedanken immer intensiver kreisten. Der Name Wodis wurde nicht mehr genannt, wohl aber der von Kokolo. Das war ein älterer Mann im Dorf. Er war für solche Dinge bekannt. Alles tat er aus Bosheit und Neid, meinte man im Dorf. Dreimal hatte er schon geheiratet und kein einziges Kind. Keine Frau blieb länger bei ihm als drei Monate. Seine zweite Frau war gestorben – zwei Wochen, nachdem sie ihn verlassen hatte. Es waren schon zehn Todesfälle, die man auf Kokolos Konto schrieb. Zwar hatte er alles bestritten, aber die Stimme des Dorfes klagte ihn an. Er konnte sich nicht davon befreien, obwohl die Ältesten im Dorf dabei immer sehr zurückhaltend gewesen waren. Es war vielmehr die jüngere Generation, die nicht an Kokolos Unschuld glauben wollte; sie war es auch, die nun als erste seinen Namen in Zusammenhang brachte mit Bodos Tod.

Für die Trauerfeierlichkeiten wurde die Veranda-Überdachung beim Kochhaus von Bodos Mutter über den ganzen Hof gezogen, mit Palmzweigen bedeckt – das ganze Dorf, fast 400 Menschen, hatte nun darunter Platz. Die Leiche lag im Kochhaus. Ein Balafon-Orchester aus dem Nachbardorf wurde geholt. Am Abend fing es an zu musizieren. Beim Spielen der Xylophone sangen die Musiker alle möglichen Lieder. Bekannte Liebeslieder bekamen einen Trauertext untergelegt. Wenn die Musiker Pause machten, sangen die Frauen im Kochhaus Kirchenlieder.

Gesprochen wurde nur wenig. Die einzige kurze Rede hielt der älteste Onkel in der Familie, Fanga. Er genoß seit seiner Jugendzeit hohe Achtung im Dorf. Zu seiner Generation gehörten sonst nur noch zwei Männer. Trotz ihrer Klugheit und Besonnenheit bekamen sie immer mehr Schwierigkeiten mit der jüngeren Generation. Fangas Rede gab einige praktische Hinweise. Man könne, sagte er, Bodo nicht beerdigen, ohne daß seine Schwester Sara anwesend sei; also werde die Beerdigung nicht am nächsten Tag stattfinden. Es gebe außerdem viele Leute, die ihre Begabung zeigen wollten, die Mörder des Dorfes herauszufinden; sie mögen sich gedulden. Die Reden um Bodos Tod kämen am nächsten Tag an die Reihe. Heute gelte es, die Trauerwache zu halten.

Mit ihm wachte nahezu das ganze Dorf unter der Überdachung. Bodo hatte vier Schwestern, alle schon verheiratet. Drei waren leicht zu erreichen – nach ihnen hatte man junge Leute ausgeschickt, und eine war schon eingetroffen, die anderen zwei erwartete man im Laufe der Nacht. Sara jedoch wohnte mit ihrem Mann weit weg im Norden des Landes, in der Stadt Orua. Die Fahrt mit dem Auto würde zwei bis drei Tage dauern; nur mit dem Flugzeug käme man am selben Tag dahin. Also sollte am nächsten Tag jemand in die Stadt geschickt werden, um Sara durch das Telefon zu benachrichtigen. Wenn man Glück hatte, klappte das, öfter aber auch nicht. Wann Sara tatsächlich käme, war also ganz ungewiß.

Am Morgen gingen einige Frauen aufs Feld, um Kochbananen und Gemüse zu holen; andere gingen in ihre Häuser, um für alle Essen vorzubereiten. Bodos Mutter durfte nichts tun. Sie lag am Boden neben dem Bett, auf dem die Leiche ihres Sohnes lag, und weinte ununterbrochen, einmal lauter, einmal leiser.

Mit dem neuen Tag kamen immer mehr Leute, Verwandte aus anderen Dörfern, vor allem aus dem Dorf der Mutter. Unter ihnen war Zoa, der älteste Bruder und damit der geborene Anführer aller Verwandten von dieser Seite. Als er ankam, ging er zuerst ins Kochhaus und sah sich die Leiche lange Zeit an. Mit nassen Augen kam er wieder heraus. Dann stellte er sich in die Mitte der ganzen Versammlung unter dem improvisierten Dach. Eine kurze Zeit stand er nachdenklich da und hatte den Blick zum Boden gerichtet. Es wurde still. Alle wußten, jetzt kommt die Anklage und damit gehen die Reden an, die möglicherweise den ganzen Tag dauern würden.

»Wo ist Fanga?« Zoa fragte es, obwohl er wußte, daß Fanga vor ihm saß. Fanga gab lange Zeit keine Antwort. Auch sonst sprach keiner. Wenn die Alten unter sich redeten, war das nicht für jedermann verständlich.

»Ich verstecke mich nicht«, sagte schließlich Fanga.

»Dreimal habe ich dich besucht in meinem Leben. Ich bin heute das dritte Mal da. Und zweimal davon mußte ich weinen. Muß ich in deinem Hause so oft weinen? Was geschieht mit den Menschen, die du für mich behütest?

Als mein Schwager hier starb, vor fünf Jahren war es, sagte man, daß eine Schlange ihn gebissen habe. Gut, ich nahm es an. Dabei wußte ich, wie viele Leute es in diesem Dorf gibt, die so etwas ohne weiteres heilen können. Wo kam die Schlange her? Das hast du mir damals nicht gesagt. Ich ging wieder nach Hause nur mit dem Wissen, daß sich mein Schwager den Tod im Wald geholt hatte. Die Geschichte mit der Schlange war mir zu unklar. Denn ich wußte damals auch, daß jemand hier in eurem Dorf zu meinem Schwager im Streit gesagt hatte, daß ein Tier mit einem langen Schwanz der Falle niemals entgehe.

Was soll ich heute dazu sagen? Hat die Falle jetzt das Ende des Schwanzes erwischt, indem es mit dem jüngsten Kind meiner Schwester anfing? Wiederum wurde der Tod aus dem Wald geholt. Was ist in diesem Dorf los? Ich werde nicht wieder nach Hause gehen, ohne daß ich eine Antwort bekommen habe.«

Zoa setzte sich. Auf seine Fragen folgten keine unmittelbaren Antworten. Auch das war üblich. Man ließ sich in solchen Angelegenheiten Zeit. Fanga sprach nach einer nachdenklichen Pause: »Du sollst hier nicht behandelt werden wie ein unerwünschter Gast. Du bist gerade erst angekommen. Wir wollen nun frühstücken und dann miteinander reden. Ich bin dir sehr dankbar, daß du diese Frage gestellt hast. Du mußt aber wissen, daß dies Dorf jetzt sehr gespalten ist; wundere dich nicht, wenn verschiedene Versuche unternommen werden, dir die richtige Antwort auf deine Frage zu geben. Aber, wie gesagt, du mußt erst frühstücken.«

»Und ich sage dir, daß ich nichts essen werde, bevor ich diese Sache geklärt habe!« schrie Zoa von seinem Platz. Wieder herrschte eine Weile Stille. Dann rief Fanga Bodos Mutter und forderte sie auf, vor allen zu erzählen, was passiert war, so wie es Wodi ihr berichtet hatte. »Lasse nur ja kein Wort weg!«, drängte er sie. Nachdem sie den Bericht wiedergegeben hatte, fuhr Fanga fort: »Zoa, hast du gehört, daß es sich um ein Feld in diesem Dorf handelte?«

»Nein«, antwortete Zoa.

Nun aber stand Fanga auf. »Sieh also ein, daß ich dir nichts weiter sagen werde, was passiert ist. Wie es passiert ist, werde ich dir auch nicht sagen. Ich weiß eben nicht mehr. Hast du mich verstanden?«

»Ich höre«, antwortete Zoa.

Fanga fuhr fort: »Du hast etwas erwähnt, was ich auch wichtig finde. Jemand hat zu meinem Bruder gesagt, daß ein Tier mit langem Schwanz nie der Falle entgehen wird. Das hat nicht irgend jemand gesagt. Du, Ntonga, bist es, der es sagte. Steh also auf und erkläre vor uns allen, was du damit gemeint hast. Ich habe es nie vergessen; ich hatte damals nichts daraus gemacht, weil ich die Einheit unter uns retten wollte. Aber heute liegt ein Mensch tot da. Es ist also Zeit, daß du sagst, was damit gemeint war.«

Fanga setzte sich wieder. Ntonga wurde sichtlich unruhig. Er war einer der Brüder von Bodos Vater. Häufig hatte er Streit mit jemandem in der Familie. Am besten verstand er sich noch mit Etoa, Bodos ältestem Bruder, der »der Gefährliche« genannt wurde und im Gefängnis gewesen war. Man sagte oft, Etoa hätte besser der Sohn seines Onkels sein sollen. Ntonga hatte jedoch nur eine Tochter. Die hingegen war für ihre Ruhe und ihre Freundlichkeit bekannt.

Ntonga hatte nicht erwartet, daß man ihn wegen des alten Gere-

des zur Rede stellen würde. Scheinbar erwartete auch sonst niemand große Erklärungen. Stotternd fing Ntonga nach einiger Zeit an: »Das habe ich nur so gesagt ... Ich habe gar nichts dabei gesagt – nein, dabei gedacht.«
»Du versteckst dich offensichtlich dahinter, daß man oft von dir sagt, du seist dumm«, entgegnete Fanga energisch. »Freilich mußt du dir etwas dabei gedacht haben. So etwas sagt kein Mensch einfach so. Du wirst es uns jetzt sagen!«
Zu diesem Zeitpunkt wurde die ganze Versammlung unruhig. Ein Mann war gerade angekommen. Sie kannten ihn zum Teil. Es war der Zauberer aus einem weit entfernten Dorf. Alle drehten sich um und sahen ihn kommen. Das Geflüster »Wer ist das?« fand an verschiedenen Ecken die gleiche Antwort: Das ist der »Professeur«.
»Wer hat den hergerufen?« fragte Fanga besorgt.
»Ich habe ihn kommen lassen«, antwortete Etoa.
Fanga sprang auf; jetzt sprach er energisch und mit großen Bewegungen; so aufgeregt hatten sie ihn selten gesehen:
»Ist das denn euer Ernst? Wollt ihr wirklich so weiter machen? In was wollt ihr unser Dorf verwandeln? Sind wir eine kopflose Herde? Wollt ihr dieses Dorf führen – wo nehmt ihr die Weisheit dazu her? Immer muß es zu Kämpfen kommen zwischen euch und uns!«
Auch Zoa stand auf und redete zu diesem gefährlichen großen Bruder des Toten: »Hast du vergessen, was ich zu dir sagte, als ich dich voriges Jahr von meinem Dorf wegjagte? Ich wiederhole es noch einmal: Wo ich rede, solltest du deine Zunge am besten im Gaumen verkleben!«
»Hier bin ich derjenige, der etwas zu sagen hat! Hier bin ich zuhause, nicht bei dir!« gab Etoa zurück.
Seine Mutter schrie ihn wütend an: »Warum sind meine Söhne nur so töricht? Der einzige vernünftige ist kaum gegangen, schon tanzt die Dummheit frei herum! Wagst du es, deine Väter so anzusprechen?«
»Ich habe keinen Vater mehr«, antwortete er. »Mein Vater ist lange tot. Und wie es sich gehört, führe ich als sein ältester Sohn

hier das Wort. Ich habe es zu lange mit angesehen, was die Alten tun – jetzt aber ist Schluß!«

»Was hat er denn in deinem Dorf getan?«, fragte Fanga Zoa.

»Er hat vor meinem Haus einen alten Mann, den letzten der Väter, so schlimm beschimpft und beleidigt, wie es ein Mensch sonst nur seinem Hund antut.«

Darauf Fanga zu Etoa: »Ich wiederhole, schicke diesen Mann wieder weg; er hat hier keinen Platz.«

»Und ich sage, ich schicke ihn nicht zurück«, schrie Etoa.

»Er soll bleiben!« rief ein anderer junger Mann. Die Jungen schlossen sich alle an. Auch einige Frauen forderten, daß der »Professeur« bleiben sollte. Es entstand ein wildes Durcheinander; von allen Seiten wurde gesprochen. Etoa fühlte sich gestärkt durch die Zustimmung vieler und trat in die Mitte.

»Dieser Mann wird uns die Wahrheit sagen über Bodos Tod. Darum ließ ich ihn holen.« Und er wandte sich dem Fremden zu: »Ziehe dich um und fange deine Arbeit an. Lasse dich von niemandem stören. Ich habe dir die Erlaubnis gegeben, hier zu arbeiten.«

Vor Empörung schreiend hob die Mutter die Hände, fiel zu Boden und wälzte sich hin und her. Andere Frauen hoben sie auf und brachten sie ins Kochhaus. Dann hatte nur noch der Professeur das Wort.

»Da ist noch etwas«, sagte er zu Etoa, »wir haben noch nicht über den Preis gesprochen.«

»Was verlangst du?« fragte der große Bruder.

»Das besprechen wir doch nicht hier in der Öffentlichkeit!« Beide verschwanden im Schlafhaus. Etoa erfuhr den Preis: Ein Schaf, zwei Hühner, einen Hund, 20 Eier (angeblich für seinen Helfer) und Geld. Beim Geld wurde keine Summe genannt. »Aber es ist klar, ihr seid keine kleinen Leute!« erklärte der Professeur dazu.

Besonders eindrucksvoll war für Etoa die Art und Weise, wie er das alles erfuhr. Man wußte, daß der Professeur immer jemanden bei sich hatte; es war ein unsichtbarer kleiner Jemand, der offensichtlich die Macht des Professeurs darstellte. Er war es auch, der den Preis bestimmte. Der Professeur mußte immer fragen, was der kleine Jemand denn haben wollte; wenn er fragte, schaute er herab zu seinem Bauch, und die Antwort schien von der Höhe seines Bauches zu kommen. Es war eine kindliche Stimme, »die jedoch irgendwie unmenschlich klingt«, erzählte Etoa später.

Als Etoa nach der Preisverhandlung wieder hinausging, schlug er zuerst die falsche Richtung ein, auf seinen Onkel Fanga zu. In normalen Fällen war es üblich, daß die Ältesten die Last tragen müßten; sie hatten genug Güter, alles Nötige zu bezahlen. Ihr Besitz war »für den Bedarf der Kinder«, wie sie zu sagen pflegten. – Aber schon nach den ersten Schritten wurde Etoa klar, daß er in dieser Lage Fanga nicht ansprechen konnte. Also sammelte er schnell junge Leute um sich und sagte ihnen, was verlangt wurde. »Sag ihm, daß das überhaupt kein Problem ist; das wird alles zusammensein, ehe er fertig ist«, meinten sie einstimmig. Doch als Etoa das dem Professeur ausrichtete, stieß er auf den Widerstand des kleinen Jemand. »Ihr müßt erst bezahlen«, sagte die Stimme, »sonst kann nichts laufen.«

Das dauerte dann doch länger, bis sie alles Verlangte ausgehändigt hatten. Dann erst konnte es losgehen. Mit viel Neugier wurde erwartet, was der berühmte Professeur nun tun würde.

Er trat aus dem Haus in einem langen, weißen Gewand. Das war offensichtlich nicht von Fachleuten genäht; eine Seite hing tiefer als die andere, ein Ärmel war kürzer als der andere. Das Loch für den Hals war mit der Schere eingeschnitten – offenbar zu klein, ein Riß deutete darauf hin, daß es beim ersten Mal dem Kopf nicht ausgereicht hatte. Die weiße Farbe war auch mehr Vergangenheit. Der Kittel war inzwischen braun geworden.

Um den Hals trug der Professeur eine Kette, an der ein großes Holzkreuz hing; eine andere Kette trug er um die Hüfte. In der linken Hand trug er eine große Bibel, in der rechten eine große Tüte.

Der Rhythmus der Trommel begleitete ihn aus dem Haus. Seine Tänze schienen manchen ungeschickt und täppisch, so daß sie sich ein Lächeln verbeißen mußten, das bei anderer Gelegenheit

zum breiten Lachen geworden wäre. Zoa, Fanga und ein paar andere alte Männer saßen nebeneinander; sie schienen von all dem nichts wahrzunehmen. Ihre Gedanken weilten ganz woanders, niemand konnte sagen, wo. Der eine hatte seine Augen geschlossen; der andere blickte zu Boden, ein dritter starrte in die Luft. Nur so konnten sie der ungewünschten Handlung fernbleiben, obwohl ihre Verantwortung sie ja zwang, sitzen zu bleiben. Sie hatten das Dorf trotz allem der Jugend noch nicht übergeben. Versuchte die Jugend mit Gewalt, die Rollen zu wechseln – sie sahen den Kampf noch nicht als verloren an.
Etoa stand am anderen Ende des improvisierten Daches, weit weg von den Alten. Er hatte sich vor die vielen jungen Leute gestellt, die dort saßen oder standen. Er hatte eine große Verantwortung an sich gezogen.
Der Professeur war in der Mitte des großen Kreises angelegt. Auf sein Zeichen hörten die Trommeln auf. Er verlangte eine Schüssel mit Wasser. Die Frauen gingen nicht; schließlich mußte Etoa selbst die Schüssel holen. Der Professeur legte die Bibel neben die Schüssel, dann holte er einen kleinen Spiegel aus seiner Tragetasche. Den stellte er neben die Schüssel. Fünf Döschen zog er dann aus seiner Tüte, in jedem war ein Pulver, und aus jedem streute er etwas Pulver ins Wasser. Dazu murmelte er Formeln in einer unverständlichen Sprache. Totenstille herrschte unter den Versammelten.
Das Wasser hatte sich dunkelbraun gefärbt. Der Professeur legte den Spiegel in das Wasser. Dann hielt er mit beiden Händen die aufgeschlagene Bibel über die Schüssel und bewegte sie – von rechts nach links, von oben nach unten. Seine Stimme wurde einmal lauter, einmal leiser, abgestimmt auf seine Bewegungen. Er legte die Bibel wieder zur Seite und fing an, um die Schüssel herumzutanzen; die Trommeln begleiteten ihn. Nach längerer Zeit fiel er zu Boden und hielt sich den Bauch; es sah aus, als hätte er Magenkrämpfe. Als die Trommeln aufhörten, wurde jedoch klar, daß es sich um etwas anderes handelte. Die Stimme des Jemand sagte ihm etwas; in der Stille konnte es jeder hören und verstehen: »Beeile dich! Beeile dich!« schrie die Stimme, »er

geht wieder weg! Beeile dich!«

Rasch holte der Professeur den Spiegel aus dem Wasser und schaute hinein. Gespannt wartete die Versammlung auf das Ergebnis. Es dauerte einige Zeit, bis sie wieder etwas zu hören bekam. »O nein!«, sagte der Professeur. »Du hast es mir schon wieder zu spät gesagt! Wie willst du denn, daß wir ihn erwischen, wenn du es mir so spät sagst? Jetzt ist er wieder weg!«

»Du hörst eben nicht rechtzeitig auf mich«, antwortete die kleine Stimme. Die Zuschauer hätten zu gern etwas gesehen; aber es war schon ein Erlebnis, diese Stimme gehört zu haben. Etoa blickte stolz auf die, denen er zuvor von dieser Stimme erzählt hatte. Die Gesichter drückten Staunen und Bewunderung aus. Von diesem Professeur konnte man wirklich etwas erwarten.

Wieder fing er an, um die Schüssel zu tanzen. Die Trommler mußten noch rhythmischer, noch packender spielen, um den Professeur mit ihrer Kunst mitzureißen. Seine Tanzschritte bekamen neuen Schwung – ein besserer Tänzer wurde er dadurch freilich nicht. Immer wieder lachte einer oder der andere über die ungeschickten Bewegungen. Allmählich wurde der Professeur von seinem anstrengenden Tanz müde. Seine Bewegungen wurden langsamer. Wieder fiel er zu Boden und hielt sich den Bauch. Als er dann den Spiegel aus dem Wasser holte, schien er das gewünschte Ergebnis zu bekommen.

Während die Trommeln weiter erklangen, schaute er längere Zeit in den Spiegel, den er immer wieder ins Wasser tauchte. Dann nahm er seine Bibel und seine Tüte und tanzte hinaus. Durch Zeichen ließ er wissen, daß die Trommeln weiter geschlagen werden sollten; ebenso durch Zeichen tat er kund, daß ihm niemand nachgehen sollte. Er verschwand im Wald zwischen den Kakaobäumen.

Die Trommelspieler konnten fast nicht mehr, als der Professeur endlich wieder erschien und sie ruhen ließ; ihre Arme hingen erschöpft herunter.

»Wem gehört die Kakaoplantage, in der der große Dum-Baum steht?« fragte der Professeur. Niemand wollte ihm eine Antwort darauf geben. Jeder blickte zu den anderen, obwohl alle wußten, wem sie gehörte. Der Professeur schien es nicht eilig zu haben. Er wartete in der Mitte des Kreises.

Etoa war es, der die Stille unterbrach: »Tun wir doch nicht so, als könnten wir nicht sagen, was wir alle wissen. Warum schaut Ihr euch alle so an? Sagt ihm, was er wissen will!«

»Sag es ihm doch selber!« schrie eine Frau ihn verärgert an.

Wie die ganze Versammlung stand sie unter einer spürbaren Spannung. Jeder wußte, jetzt fand das Ganze eine Zuspitzung, die fatale Folgen haben könnte. Doch auch die Neugier stieg. In ihrer Aufregung fuhr die Frau fort: »Und wenn der ›Polvissal‹ so gut sehen kann, müßte er ja auch selber herausfinden, wem die Plantage gehört!« Einige lachten über die Schwierigkeit, die die Frau bei dem Fremdwort hatte. Der Professeur reagierte jedoch nicht auf die Beleidigung, die hinter den Worten der Frau stand. Es wurde wieder ganz still.

Die Stille bedrückte Etoa so sehr, daß er endlich sagen mußte, was der Professeur wissen wollte.

»Also gut ..., also gut ...«, stotterte er, »diese Plantage gehört einem unserer Väter im Dorf.«

»Ich habe eine klare Frage gestellt«, unterbrach ihn der Professeur, »und erwarte eine entsprechend klare Antwort.«

Etoa zögerte noch einmal. Die vielen Blicke, die sich auf ihn richteten, waren nicht leicht zu ertragen.

»Also gut ..., also gut ... Das ist Kokolos Plantage.«

»Ich habe es mir schon gedacht«, sagte der Professeur, stolz auf den Einfluß, den er ausübte über alle die Leute, die an seine Macht glaubten. Dann wandte er sich den »anderen« zu, den Älteren, die nach wie vor seinen Auftritt verurteilten: »Ihr Leute dieses Dorfes, ich warne euch vor eurem Mißtrauen mir gegenüber. Ihr seht selber, ich arbeite mit der Bibel. Meine Bibel habe ich aus dem Lande der Weißen bestellt. Sie ist eine wahre Bibel. Wollt Ihr euch vielleicht gegen ihre Macht stellen? Wer von euch will die Macht Gottes leugnen? Ich habe, solange ich diese Arbeit betreibe, immer nur Wahrheiten gesagt. Niemals sind mir Leute mit Zweifel begegnet. Wollt ihr in diesem Dorf etwas Besonderes sein? Ich sage euch: Geht mir aus dem Weg. Wenn ihr es nicht tut, dann gehe ich sofort wieder nach Hause, und ihr werdet mit eurem Unheil in diesem Dorf bleiben. Wenn Ihr wüßtet, was ich dort im Wald gesehen habe! Bleibt mit eurem Unheil hier. Ich gehe nach Hause.«

»Das kommt nicht in Frage!« schrien die jungen Leute zusammen. »Wir haben dich holen lassen, also höre nur auf uns. Laß doch diese alten Besserwisser aus dem Spiel!«

»Gut, meine Freunde; ich bleibe.«

Unterdessen war der späte Nachmittag gekommen. Die Sonne fing schon an, in ihr Versteck hinter den hohen Bäumen hinabzusteigen.

Der Professeur fuhr fort zu tanzen. Aber er war nicht mehr im Vollbesitz seiner Kraft, und die Trommelspieler waren es auch nicht. So wurden zwischen einzelne Tanzabschnitte immer längere Rede-Abschnitte eingeschoben. Dabei erzählte der Professeur nur von dem, was es mit seiner Bibel auf sich habe; sie sei die wahre Quelle seiner Macht. Er ließ sich das jeweils von dem kleinen Jemand in seinem Bauch bestätigen; dieser Jemand sei der Machtbesitzer, aber die Machtquelle sei die Bibel. Sie sei zehn Tage durch die Luft geflogen, bis sie zu ihm gekommen war auf seine Bestellung. Den Leuten von der Kirche warf er vor, daß sie ihn in seinem Dorf zu unrecht »Sohn des Teufels« nannten; er sei doch ein wahrer Professeur, dem die berühmte »Frau Milla« aus dem Land der Weißen im Traum den Auftrag gegeben habe, diese Arbeit zu tun – unter Verweis auf die Bibel.

Er habe der »Frau Milla« zwar geschrieben, er wolle eine rote Bibel; aber sie habe ihm eine schwarze geschickt, oder besser: gebracht. Aus tiefstem Schlaf um Mitternacht sei er geweckt worden, weil eine weibliche Stimme ununterbrochen seinen Namen rief. Als er aufgestanden sei, habe die Stimme weiter gerufen, und er sei ihr gefolgt bis zum Fluß. Als die Stimme verstummte, habe eine außergewöhnliche Macht seine Augen auf das Wasser gelenkt, auf dem die Bibel geschwommen kam. Als er sie aufgenommen habe, sei er sehr überrascht gewesen, daß sie ganz trokken war. Ja, er habe das Buch geöffnet. Die ersten Worte, die er zu lesen bekam, waren »Gehe hin und zeige den Leuten ihr Unheil« – die gleichen Worte, die ihm »Frau Milla« bei ihrer Erscheinung gesagt habe. So sei er in die Arbeit eingestiegen. Die Namen aller Menschen seien in der Bibel geschrieben, auch der Name Kokolos, ja, alle Namen der Dorfbewohner.

Die jungen Leute hörten mit großer Aufmerksamkeit auf diese Geschichten. Sie bewunderten den Mann. Die älteren dagegen glaubten ihm kein einziges Wort. Erst als die Dunkelheit anbrach, lud der Professeur die Versammelten ein, mit ihm in den Wald zu gehen, damit er ihnen zeige, was er an jenem Baum in der Plantage Kokolos gesehen hatte. Wiederum waren es die jungen Leute, die sich angesprochen fühlten. Für sie war das alles nur eine Bestätigung dessen, was sie schon die ganze Zeit vermutet hatten: nämlich daß Kokolo ihren Bodo umgebracht hatte. Das Außerordentliche war jetzt nur noch die Art und Weise, wie der Professeur dies ans Licht bringen würde.

Ehe sie den Platz verließen, hielt sie der alte Fanga noch kurz auf: »Ich flehe euch an, Kinder, hört mit diesem Spiel auf! Was ihr jetzt tun wollt, führt euch viel zu weit weg! Unser Sprichwort sagt: ›Je höher der Adler mit seiner Beute steigt, desto wahrscheinlicher zerbricht ihr Rückgrat, wenn er sie fallen läßt.‹ Dieser bösartige Adler bringt euch schon den ganzen Tag viel zu hoch; seine Krallen sind nicht kräftig genug, euch noch lange zu tragen. Euer Sturz wird euch Schaden bringen, den keiner mehr gutmachen kann.«

Nach dieser Rede Fangas war es der Professeur, der das Kommando übernahm. »Trommeln!«, befahl er. Mit neuem Schwung ertönte die Trommel. Der Professeur tanzte voraus, und über hundert junge Männer liefen hinter ihm her. Petroleumlampen und Taschenlampen halfen, den dunkler werdenden Wald zu beleuchten.

Dann waren sie am Dum-Baum. Der Professeur fing wieder an, in einer unverständlichen Sprache zu singen, zu beten, zu befehlen. Dabei blickte er zu der großen Höhlung unten am Baumstamm. Manchmal fragte er seinen kleinen Jemand etwas in einer unverständlichen Sprache, und dieser antwortete ebenso.

Als der Professeur wieder einmal in das Loch am Baum blickte, sprang er plötzlich zurück mit einem Schreckensschrei. »Zurück!« schrie er den Leuten zu. »Zurück! Er kommt! Er kommt! Geht weg, er ist zu gefährlich!«
Alle drängten zurück, weg von dem Baum, auch der Professeur. »Seht euch das an!« schrie er wieder und zeigte nun auf etwas am Fuß des Baumes. Wie er schrie und zeigte, entstand der Eindruck, als wäre etwas aus der Höhlung gekommen, was sich aber schnell entfernte. Im Grund sah es keiner außer ihm selbst; aber ein lautes Raunen des Staunens und des Schreckens ging durch die Masse, als der Professeur fragte: »Wer von euch hat jemals schon eine so große Schlange gesehen? Doch glaubt mir: Um Mitternacht ist sie hundert mal größer, als Ihr sie jetzt gesehen habt. Um diese Zeit kann niemand außer Kokolo sich dieser Stelle nähern, denn diese Schlange ist gefährlicher als zehn Löwen zusammen. Die vielen Punkte, die ihr auf ihrem Rücken gesehen habt, sind ihre Augen; so sieht sie nachts in alle Richtungen, und nichts in der Nähe des Baumes bleibt ihr verborgen. Jetzt frage ich euch, was sie denn hier bewacht? Ihr werdet es sofort erfahren, denn jetzt kann ich ungehindert hineinlangen.«
Er streckte seine Hand in die Höhlung und zog ein kleines Päckchen heraus aus nicht ganz trockenen Blättern, mit einer dünnen Schnur verschnürt.
»Wo ist Etoa?« fragte er, obwohl dieser direkt vor ihm stand.
»Hier bin ich!«
»Ich will nicht später wegen Betruges angeklagt werden. Öffne du dieses Päckchen und sage den anderen, was darinnen ist!«
Einige junge Leute sammelten sich um Etoa; am liebsten hätten es alle aus der Nähe sehen wollen; sie hielten ihre Lampen hin – aber das Päckchen war so klein, daß nur die am dichtesten Stehenden etwas erkennen konnten. Etoa öffnete es vorsichtig, während der Professeur in seinen Gebeten fortfuhr. Einige der jungen Leute schrien vor Staunen, als sie den Inhalt erblickten. Es waren lauter abgeschnittene Fingernägel in verschiedenen Größen.
»Seid stille!« schrie sie der Professeur an. »Das ist noch nicht al-

les. Wenn Ihr heimkommt, solltet ihr bei Bodos linkem Fuß nachsehen, ob der Nagel des kleinen Zehs da ist.« (Dabei wußte er genau, daß dies niemand tun würde.) »Ich sage euch, wenn Kokolo einen Zehennagel in seinem Besitz hat, so hat er Macht über den ganzen Menschen. Er kann mit ihm machen, was er will. Er kann ihn umbringen, wie und wann er mag.«

Erneut steckte er seine Hand in das Baumloch und holte ein Stück Schleier heraus, so groß wie eine Menschenhand, daran hingen zwei Angelhaken und ein kleiner Stein. »Dies ist das Netz des großen Fängers«, erklärte er; »damit werden die Fische gefangen, für die er euch alle hält.«

Zuletzt holte er zwei Adlerfedern aus dem Loch. »Von diesem Adler werden seine Opfer nach Coupé geflogen«, erklärte er. Dann schloß er: »Ich habe meinen Auftrag erfüllt. Für mich ist es Zeit, nach Hause zu gehen. Ihr aber müßt doch tun, was allein euer Dorf retten kann: Diesen Baum müßt Ihr noch in dieser Nacht fällen. So lange er steht, kann er benützt werden gegen das Dorf. Und die Schlange kann bald zurückkehren. Beeilt euch also!«

Nach diesen Worten ging er in die Nacht. Sein Lohn war schon in sein Dorf gebracht worden. Und sorgfältig vermied er, sich noch einmal der Trauerversammlung zu zeigen; von ihr unbemerkt, machte er sich auf den Heimweg.

Die jungen Leute ließen zwei Äxte holen. Die ganze Nacht arbeiteten sie daran, den Baum zu fällen. Erst gegen Morgen fiel er. Sie aber entzündeten ein Feuer am Baumstumpf, um ihn ganz und gar zu vernichten.

Währenddessen waren im Dorf die Gespräche fortgegangen – ohne die jungen Leute, die sich im Wald dem Zauber des Professeurs hingaben.

Fanga hatte nach seiner vergeblichen Warnung an die Jugend noch einmal da angeknüpft, wo sie am Morgen unterbrochen worden waren.

»Wo bist du, Zoa?«

»Ich bin hier.«

»Und du, Ntonga?«

»Ich bin da.«
»Ja«, begann Fanga, »wenn sie mit dem Tod ihres Bruders so würdelos umgehen, was werden sie dann bei unserm Tod anstellen? Wer wird uns begraben? Und wie werden wir begraben werden? Ich fühle mich schon jetzt wie in einem selbstgegrabenen Grab. Ich weine, ich weine über dieses Dorf. Das ganze Dorf ist verloren, bis zum Boden hoffnungslos zerstört ... Zoa, sage du bitte Ntonga, was ihm zu seinem sinnlosen Spruch zu sagen ist!«
Auch Zoa fing mit einer langen Anklage gegen die Jugend an, die in seinem Dorf wie hier alles selber führen will, freilich in einer Weise, die dem Dorf nur Schaden bringt. »Haben wir versagt bei dem, was wir weitergegeben haben, oder lehnen sie unsere Weise einfach ab?«, fragte er. Doch dann wandte er sich zu Ntonga: »Mein lieber Schwager, du darfst dich doch nicht so billig verkaufen. Deine Harmlosigkeit hast du verwirkt, als du zu deinem Bruder jenen dummen Spruch sagtest, ein Tier mit langem Schwanz verfehle die Falle nicht. Wir haben dir heute früh die Möglichkeit geboten, vor dieser ganzen Versammlung diesen alten Spruch abzutun und deine Harmlosigkeit zu zeigen. Nun wirst du in den Herzen der Menschen in diesem Dorf weiterhin als boshafter Mensch gelten. Sie werden es nicht sagen, aber denken. Und wenn in dieser Familie wieder ein Todesfall eintritt, wirst du daran erinnert werden. Und solche Erinnerungen werden nicht harmlos bleiben – sieh selber, was sie jetzt mit Kokolo anfangen!«
Damit hatte Zoa den Kernpunkt angesprochen, um den es an diesem Tag ging. Alle wußten, daß Kokolo in Lebensgefahr war. Sie wußten, daß die Gruppe aus dem Wald mit »Beweisen« zurückkommen würde – und daß keiner beweisen kann, daß dies alles nicht stimmt.
So saßen die Ältesten beisammen und berieten darüber, wie man Kokolo schützen könnte. Fanga war es, der schließlich ihren Beschluß verkündete:
»Wo bist du, Kokolo?«
»Ich bin hier.«

»Deine Mutter stammte aus dem Land der Jems. Auch dein Vater kam von weit her. Du warst ihr einziges Kind, als sie früh starben. In meinem Haus bist du aufgewachsen und ein richtiger Mensch geworden. Du hattest Probleme mit deinen Frauen. Aber wir alle wissen, daß du deine Felder und deine Kakaoplantage mit deinen eigenen Händen angelegt und gepflegt hast, ohne daß dir jemand helfen mußte. Manches habe ich mit dir besprochen, was in diesem Dorf gegen dich aufgebracht wurde, und ich weiß, daß davon nichts stimmte. So wissen wir auch dieses Mal, daß du mit Bodos Tod nichts zu tun hast, obwohl du nicht ein Wort zu deiner Verteidigung sagst. Aber wer wirklich tötet in dieser Gesellschaft, das sind diese als weise Männer daherkommenden ›Zauberer‹. Sie schüren gefährliche Stimmungen und zerstören den Frieden im Dorf.
Noch nie hat es den Gedanken einer Blutrache in diesem Dorf gegeben. Aber ich fürchte, diesmal wird es anders kommen. Diesen jungen Leuten werden dort im Wald Beweise für deine Schuld gezeigt, und keiner von den Kerlen wird darauf kommen, daß der Professeur sie selbst dort versteckte. Kopflos ist unsere Dorfjugend geworden; sie sucht nur das, was sie beeindrucken kann, und da hängt sie sich mit Begeisterung an. Kaum einer ist bereit, von Grund auf zu lernen, wie man Verantwortung trägt. Keiner heiratet. Der Palmwein bestimmt ihre Tage, und ihre Mütter müssen die Felder allein vorbereiten.
Wenn die jungen Leute vom Wald zurückkommen, werden sie höchstens bis zum Begräbnis von Bodo warten. Dann werden sie deinen Prozeß anfangen. Du bist mein Sohn – wenn ich dir jetzt nicht helfen kann, so mußt du es von daher verstehen, daß der Einfluß der Alten abgenommen hat, sehr, sehr abgenommen hat. Ich bekomme das heute besonders deutlich zu spüren. Du sicher auch ...
Wir haben beschlossen, daß du das Dorf sofort verläßt und dich im Land der Jems niederläßt, wo deine Mutter herstammt. Es wird nicht leicht sein, dort von vorn anzufangen. Aber nur dort ist dein Leben gesichert. Wir allerdings werden nun nicht nur um einen Menschen trauern, sondern um zwei, die uns verlas-

sen. Morgen oder übermorgen wird ein anderer an der Reihe sein, denn dies jetzt ist nur der Anfang eines Übels, das unser Dorf langsam, aber sicher zugrunderichten wird.«

Fanga setzte sich. Er hielt den Kopf mit beiden Händen und bedeckte seine Augen. Ihm kamen Tränen – das war selten bei ihm. Es wurde sehr still.

Nach einiger Zeit stand Kokolo auf. Er sagte kein Wort und verschwand in der Finsternis.

»Der Tod breitet seine Hände über dieses Dorf, und er hat viele Gesichter«, sagte eine weinende Frau.

Man sah es ihnen an, daß sie die ganze Nacht beim Baumfällen gearbeitet hatten, als die jungen Leute am nächsten Morgen drangingen, das Grab zu schaufeln. Sie brauchten ungewöhnlich lange, bis es tief genug war. Außergewöhnlich war die Ruhe, die an diesem Vormittag über allem lag. Üblicherweise wurden viele Reden bei solchen Gelegenheiten gehalten. Das geschah an diesem Vormittag nur, als Sara ankam, Bodos Schwester aus dem Norden des Landes. Nur zwei Männer hielten Reden: Fanga, nach wie vor Träger der Verantwortung für die ältere Generation, und Zoa. Beide warnten noch einmal vor unsinnigen Verhandlungen nach dem Begräbnis. Bodo habe es verdient, daß seine Beerdigung und seine Trauerzeit ehrenvoll verlaufe. Alles andere habe Zeit – später, wenn alles vorüber sei.

Zum Begräbnis erschien auch Wodi. Er wurde von den älteren Leuten mit viel Achtung empfangen.

Papa Luc bekommt Besuch

Kaum saßen wir auf unseren Bänken, schon passierte, worauf wir die ganze Woche gewartet hatten.
»Mendola«, rief der Lehrer.
»Monsieur«, antwortete dieser, während er aufstand.
»Zwei Eimer Wasser! Und du hast nur zwanzig Minuten. Ich habe meinen Wecker hier.«
»Ja, Monsieur!« Mendola rannte hinaus. Die ganze Klasse schaute ihm nach. Jeder wußte, worum es ging. Mendola wurde nachträglich bestraft; eine Woche zuvor hatte er einen anderen Schüler beleidigt, als wir heimgingen. Zufällig war unser Lehrer hinter uns gegangen und hatte alles gehört. Kein Wort hatte er damals dazu gesagt. Wir alle aber wußten, daß die Strafe kommen würde, früher oder später.
Mendola kam die nächsten Tage nicht zur Schule; er war krank. Nun war er zum ersten Mal wieder da; also mußte nun, wie es sich gehört, die Strafe kommen. Solch ein Schimpfwort, wie er es gebraucht hatte, war sonst höchstens von erbosten Erwachsenen zu hören. Wir hatten eigentlich eine viel schlimmere Strafe erwartet.
Unser Lehrer vergaß nie, wenn ein Schüler bestraft werden mußte. Er sagte immer wieder: »Mein Vater pflegte zu sagen: ›Vergessen zu bestrafen ist genauso schlimm wie das Vergehen.‹« Sein Vater war Schmied gewesen, und unser Lehrer war selbst in seine Lehre gegangen. Oft erzählte er uns, daß dies seine eigentliche Schule gewesen sei. Dort habe er gelernt, Lehrer zu sein.
Den Ruf, ein guter Lehrer zu sein, genoß er weithin. Das ganze Dorf sagte es von ihm. Auch wir, seine Schüler, liebten ihn. Wir sahen in ihm, dem ältesten Lehrer unserer Dorfgrundschule, eher einen Vater der ganzen Klasse. Von allen Schülern unserer Schule wurde er »Papa Luc« genannt. Achtung und Gehorsam erwiesen ihm alle gleichermaßen, auch die zwei viel jüngeren Lehrer, von denen einer der Direktor war. Nicht selten passierte

es, daß ein Schüler, der in einer anderen Klasse geprügelt wurde, in unsere Klasse gerannnt kam und bei Papa Luc Zuflucht suchte. Oft waren das dann Schüler des Direktors, der die obersten Klassen leitete. Es gab nur sechs Klassen, zwei für jeden Lehrer. Wir waren die mittleren Klassen.

Solch eine Strafe, wie Mendola sie nun ausführte, gab unser Lehrer fast immer. Selten nur schlug er einen Schüler oder zog ihn an den Ohren. »Mein Vater sagte immer: ›Gib dem Schüler eine Strafe, bei der er sich nützlich machen kann. Sonst tut die Strafe nur weh, aber sie nützt nichts.‹« Wie oft er am Tag seinen Vater zitierte, konnten wir kaum zählen; aber wir hörten es gern. Und so profitierte die Frau des Lehrers besonders viel von seinen Strafen; für sie holte Mendola an jenem Morgen Wasser aus der Quelle. Freilich kamen die Strafen nicht nur ihr zugut, sondern auch anderen im Dorf, die Hilfe brauchten.

Papa Luc setzte seine Brille auf. Er saß an seinem kleinen, alten Tisch und schaute uns über die Brille hinweg an. So war es immer, wenn er eine Strafe erteilt hatte; er beobachtete uns und wartete, wie wir reagierten. Wir aber schauten ihn alle an; sein wandernder Blick nahm die stille Zustimmung jedes einzelnen von uns wahr.

Als der Blick bei den letzten angelangt war, griff er, ohne groß hinzusehen, in die kleine Schachtel auf dem Tisch. Da lag seine Kreide. Sein Buch lag neben der Schachtel auf einem Heft; mehr war bei ihm nie zu sehen. Langsam stand er auf.

Unsere Tafel hing zwischen zwei langen Holzstangen, die schräg an die Wand gelehnt waren; sie waren so lang, daß Papa Luc immer vorsichtig von seinem Tisch aus darüber steigen mußte, um nicht zu stolpern. Als er anfing, einen großen Buchstaben zu malen, wurde seine linke Backe dick, er steckte seine Zunge hinein. Den Buchstaben malte er liebevoll und nahm sich viel Zeit dazu. Als der erste fertig war, folgten die anderen etwas flüssiger, aber nicht sehr schnell. Papa Luc schrieb langsam, dafür aber sehr schön. Keiner der beiden anderen Lehrer konnte so schön schreiben. Überhaupt waren wir der Meinung, daß Papa Luc alles besser konnte. Die zwei anderen hatten die Sekundarschule besucht; bei Papa Luc wußte man nicht einmal, ob er den Abschluß der Grundschule besaß. Trotzdem konnten wir uns keinen besseren Lehrer vorstellen.

Endlich konnten wir den ganzen Satz auf der Tafel lesen: »Dossou kommt zu spät.« Papa Luc drehte sich zu uns um und befahl: »Seite elf!« Darauf kehrte er zu seinem Stuhl zurück.

Bei uns aber brach die bisherige Stille auf. Diejenigen, die Bücher hatten, standen auf; sie mußten sich verteidigen, denn alle anderen stürmten auf sie zu, weil jeder versuchte, neben dem Besitzer eines Buches zu sitzen – oder möglichst nahe. Manchmal wurden diejenigen, die neben ihnen ihre Stammplätze hatten, sogar weggezogen. Acht unter uns dreißig Schülern besaßen ein Buch.

Als der Kampf um die Nähe zu einem Buch abzuklingen begann, befahl Papa Luc wieder Stille. Flüsternd ging der Streit zwar noch weiter, aber die Ruhe kehrte doch wieder. Wir konnten anfangen zu lesen.

Im neuen Kapitel lasen wir, wie Dossou zu spät zur Schule kam. Er mußte rennen. Als er in die Klasse hereinkam, erklärte sein Lehrer gerade den Herzschlag. Der Lehrer ließ ihn vorn stehen und rief Mamadou nach vorn; er sollte an Dossous Brust horchen und anschließend der ganzen Klasse erklären, was er wahrnahm. »Ich höre«, erklärte Mamadou, »eine kleine Maschine, die ständig glu ... glug ... glu ... macht.« Daraufhin erklärte der Lehrer der Klasse, was das Herz ist und wieso es schlägt.

Das Kapitel gefiel uns. Das Experiment wollten wir auch machen. Wir baten unseren Lehrer, einen Schüler hinauszuschikken und rennen zu lassen, damit wir ebenso die kleine Maschine hören könnten. Zu unserem Bedauern nahm Papa Luc unsere Bitte nicht an. Doch dann kam die Pause.

Zwischen der Kirche und den Klassenräumen war unser langer Hof, seitlich begrenzt durch die Lehmstraße auf der einen Seite und auf der anderen durch das Wohnhaus und das Kochhaus des Katechisten. Der Hof reichte aus, daß wir das Dossou-Experiment so oft hätten unternehmen können, wie es uns gefiel. Aber keiner dachte mehr daran; wir spielten all das, was in jeder Pause gespielt wurde: Die Jungen rannten herum und spielten Fangen. Die Mädchen spielten »Emvolo«, das war eher ein rhythmischer Tanz im Kreis. Eine halbe Stunde dauerte die Pause; uns kam sie jedes Mal zu kurz vor.

Der Direktor hatte den Wochendienst – dementsprechend mußte er dafür sorgen, daß die Schüler wieder in ihre Klassenräume kamen. Beim ersten Pfiff seiner lauten Pfeife sollten wir stehen bleiben, jeder, wo er sich gerade befand. Keiner durfte sich mehr bewegen – das hätte zu einer Strafe geführt. Nach einer Weile folgte der zweite Pfiff; erst dann konnten wir uns wieder bewegen, und jeder ging in sein Klassenzimmer. Früh zum Schulbeginn und wieder nach der Mittagspause mußten wir uns jedoch erst in einer Reihe vor unserer Klasse aufstellen, ein Marschlied singen, und in diesem Rhythmus zogen wir in die Zimmer hinein.

Als wir die Pfeife des Direktors in der Pause hörten, spielten wir gerade Fangen. Boto, gerade gefangen von drei Kameraden und von ihnen kräftig gekitzelt, lag am Boden und lachte so laut, daß er die Pfeife nicht hörte. Er wälzte sich auf dem Boden hin und her vor Lachen, bis er merkte, daß wir alle still und straff dastanden. Dafür mußte er, während wir in die Klassenzimmer gingen, noch zehnmal um den Hof rennen. Das schien Papa Luc nicht zu wissen; er zeigte sich überrascht, als Boto zu spät hereinkam. Er mußte bestraft werden. Erst aber wollten wir seinen Herzschlag hören. Das erlaubte Papa Luc. Botos Strafe wurde auf den Nachmittag gelegt; er sollte Erdnüsse für Papa Lucs Frau schälen.

Kurz nach zwei am Nachmittag gingen wir wieder in unser Klassenzimmer. Papa Luc wartete schon auf uns. Er saß auf seinem Stuhl und las in seinem Buch. Man hätte meinen können, daß er unser lautes Singen gar nicht hörte. Weder erhob er sein Gesicht noch schaute er über seine Brillenränder auf uns.

Normalerweise blickte er uns beim Hereinkommen an, und sein Blick sagte uns, was wir tun sollten. Etwa: Das Lied an unseren Plätzen zu Ende singen und uns dann hinsetzen. Diesmal sah er nicht auf uns, also blieben wir stehen, jeder an seinem Platz, und

sangen immer weiter. Erst als wir zum dritten Mal das Lied begannen, bekamen wir sein Gesicht zu sehen. Er lächelte uns zu, und wir begriffen, daß er das Ganze als einen großen, gemeinsamen Spaß ansah. Wir lächelten zurück und sangen weiter. Wir freuten uns über einen solchen Spaß – Papa Luc hatte nichts gegen Späße. Aber trotzdem trauten wir uns nur selten, einen zu machen – hin und wieder brachte ihn der Zufall mit sich.
Wir fingen das Lied zum vierten Mal an. Da setzte Papa Luc seine Brille ab. Obwohl er noch immer lächelte, wußten wir, daß es Zeit war aufzuhören. Nicht alle freilich verstanden es. Einige stimmten das Lied ein fünftes Mal an. Doch es blieb bei der ersten Silbe – dann lachten alle. Und wir setzten uns.
Das Lachen war verklungen. Papa Luc stand auf und sagte: »Mein Vater pflegte zu sagen, was der Mund mehr kann als jeder andere Körperteil, das ist das Singen. Sprechen kann ein Mensch mit den Augen, mit den Händen, mit den Fingern, selbst mit den Füßen. Aber singen kann er nur mit dem Mund.« Wir verstanden nicht ganz, was er damit sagen wollte; uns gefiel jedenfalls, daß er sich freute, wenn wir so gern sangen.
Offensichtlich reizte das einige, das gleiche Lied erneut anzustimmen. Doch das hatte Papa Luc nicht gemeint. Er blieb ernst, als auch wir, die nicht mitsangen, doch den Spaß durch unser Lachen unterstrichen. Er rief: »Essi!«
Essi hatte angefangen.
»Monsieur!« Essi stand auf.
»Du warst der erste, der nun noch einmal anfing. Also gehst du auch als erster und wirst Boto beim Erdnußschälen helfen. Die anderen, die mitgesungen haben, kommen in einer Stunde nach. Es wird keiner ausgelassen. Ich habe alles gesehen.«
Essi verließ den Raum. Er war nicht mehr so fröhlich wie zuvor.
Für uns aber begann die Rechenstunde. Danach gingen die fünf anderen, um ihre Strafe anzutreten ...
In der folgenden Stunde sah Papa Luc plötzlich aufmerksam nach draußen. Er schien etwas Wichtiges wahrzunehmen.
Die Wände unserer Klassenzimmer waren so niedrig, daß ein Erwachsener im Stehen gut nach außen sehen konnte. Was Papa

Luc sah, war offensichtlich sehr ernst. Sein Mund ging langsam auf. Es schien, als würde er ängstlich.
Wir brannten vor Neugier. Alle schauten die Wand hinauf, obwohl wir wußten, daß wir im Sitzen nichts sehen würden. Selbst im Stehen – wir hätten auf die Bänke treten müssen, um über die Wand zu schauen. Papa Luc machte einen Schritt zur Tür hin, blieb wieder stehen. Dann ging er langsam rückwärts zu seinem Tisch. Er stolperte über die Holzstange der Tafel. Wir mußten uns das Lachen verbeißen, denn nun blickte er uns voller Strenge an. Auf einmal war alles sehr ernst, und jeder hatte Angst, daß eine Strafe noch schneller kommen könnte als sonst. So gern schälten wir Erdnüsse nun wieder auch nicht, nicht einmal die Mädchen.
Papa Luc unternahm einen Versuch zu lächeln. Aber es gelang ihm nicht. Seine Ängstlichkeit machte ihn unsicher. Wir hätten zu gern gewußt, was ihn in diesen befremdlichen Zustand versetzte. Die Wand kam uns wie ein riesiger Wall vor, hinter dem Unheil lauerte.
»Abolo!« rief er ein Mädchen.
»Monsieur«, antwortete sie.
»Wo waren wir gerade stehengeblieben?«
Abolo wußte nicht, was sie sagen sollte. Zuletzt hatte Papa Luc von seinem Vater gesprochen: Mein Vater pflegte zu sagen ... Außerdem war Abolos Interesse auch ganz woanders. Sie hätte gern die Möglichkeit benützt, jetzt, wo sie stand, nach draußen zu sehen. Sie blickte flüchtig zur Wand. Aber sie war doch zu klein.
»Nun setze dich doch wieder, mein Kind«, sagte Papa Luc zu ihr. Dann ging er zur Tür. In der Tür erschienen drei Männer, die Papa Luc mit besonderer Achtung begrüßte. Zum ersten sagte er: »Seien Sie willkommen, Herr Inspektor!« Zum zweiten: »Herr Vize-Inspektor, willkommen!« Und zum dritten: »Willkommen, Herr Schulrat!«
Der Inspektor, unter den dreien der jüngste, machte auf uns einen besonderen Eindruck. Er trug eine ganz dunkle Brille, eine von denen, die nur aus Europa zu bekommen sind, wie wir wuß-

ten. Auch über seinen schwarzen Anzug und seine schwarzen, glänzend polierten Schuhe sprachen wir noch Tage danach. Leute, die so vornehm angezogen waren, bekamen wir nicht oft im Dorf zu sehen.
Papa Luc ließ uns aufstehen. Der Inspektor stand vor uns, aber er sah uns nur an. Auch zu Papa Luc sagte er nichts. Dieser blickte den hohen Vorgesetzten erwartungsvoll an. Als aber von ihm nichts kam, brach er selbst das drückend gewordene Schweigen.
»Ist der Herr Inspektor zu Fuß gekommen?«
»Selbstverständlich nicht«, antwortete der Inspektor. »Ich wollte nur nicht, daß alle alarmiert sind, wenn ich komme; darum ließ ich das Auto und den Fahrer am Ortseingang zurück. Wenn ich schon überraschend komme, dann möchte ich es doch richtig überraschend machen, ohne zu stören.« Das letzte sagte er lächelnd.
»Selbstverständlich, Herr Inspektor, selbstverständlich!« sagte Papa Luc. Der Inspektor ging langsam zwischen den zwei Bankreihen. Wir wußten nicht genau, wen er durch seine dunkle Brille musterte, während er sich umschaute. Wir trauten uns kaum, ihn richtig anzublicken. Schließlich ging er zurück nach vorn und sagte zu unserem Lehrer: »Die können sich wieder setzen.« Dann sah er sich den Tisch von Papa Luc an. Dieser folgte jeder Bewegung des Inspektors mit seinem Blick. Man merkte es ihm an, wie er gespannt auf eine Bemerkung des Inspektors wartete.
»Haben Sie nicht mehr als das da?« fragte der Inspektor.
Auf dem Gesicht von Papa Luc bildeten sich kurz Falten; aber er sagte nichts. Der Inspektor wanderte weiter. Vor der Tafel blieb er länger stehen. Alle unsere Rechnungen aus der vorigen Stunde standen noch da. Er muß sie alle durchgelesen haben. Anschließend sagte er: »Bei bestimmten Lehrern ist es nicht nötig, sie zu überraschen. Bei Ihnen herrscht eine Ordnung, wie ich sie mir für alle Schulen wünschen würde. Ihre Schüler sind sauber und machen einen guten Eindruck. Die Arbeiten an der Tafel sehen gut aus ...« Nicht alle seine Bemerkungen verstanden

wir. Aber wir begriffen, daß von uns die Rede war, daß er uns lobte; also strahlte die ganze Klasse – und Papa Luc nicht weniger als wir.

Der Inspektor ließ einen seiner Begleiter Notizen über die Klasse aufschreiben. Dabei erkundigte sich der Vize-Inspektor nach der Zahl der Schüler. »Dreißig«, antwortete Papa Luc.

Während jener nun seine Notizen machte, zählte der Inspektor unauffällig die anwesenden Schüler. Papa Luc war überrascht, als ihn der Inspektor fragte: »Sagten sie nicht eben, daß es dreißig Schüler sind?«

»Ja, Herr Inspektor«, antwortete Papa Luc.

»Wie viele davon sind denn krank?«

»Keiner.«

»Und wo sind die, die heute fehlen?«

»Ah...« Niemand wußte, was Papa Luc sagen wollte. Sein Mund stand offen, aber er sprach nicht weiter. Er schaute zu uns. Er schien nicht sagen zu wollen, wo die Schüler waren, auch nicht, daß er sie bestraft hatte. Das überraschte uns. Warum sollte der Inspektor das nicht erfahren? So selbstverständlich uns die Strafen von Papa Luc waren, so selbstverständlich, meinten wir, könnte man überall davon sprechen. Mir kam es in den Sinn zu sagen, wo die anderen waren und was sie dort taten. Aber wenn Papa Luc das wirklich verheimlichen wollte? Alle horchten auf ihn. Er aber schwieg. Zögernd hob ich meinen Finger, nicht höher als in Brusthöhe. Als mich Papa Lucs strenger Blick traf, verschwand mein Finger wieder.

»Wo sind die Schüler, die fehlen?« wiederholte der Inspektor.

»Ja, wissen Sie, Herr Inspektor«, fing Papa Luc an, »mein Vater pflegte zu sagen, daß einer, der bei der Erziehung die Strafe vergißt, Erdnüsse pflanzt in einem ungerodeten Feld. Da ist gewiß keine Ernte zu erwarten.«

»Was wollen Sie damit sagen?« fragte der Inspektor ungeduldig.

»Es ist so, Herr Inspektor: Diese Klasse ist völlig in Ordnung. Da ist nichts, was man an diesen Schüler aussetzen kann. Aber ich erteile doch ab und zu eine kleine Strafe. Ich vermeide dabei selbstverständlich, meinen Schülern wehzutun. Mein Vater

pflegte zu sagen: ›Gib einem Schüler eine Strafe, bei der er lernt, sich nützlich zu machen.‹ Das ist doch richtig so?«
Der Inspektor hatte die ganze Zeit auf uns geblickt. Nun drehte er sich erneut zu Papa Luc und fragte nachdrücklich: »Sie haben mir immer noch nicht gesagt, wo die Schüler sind.«
»Ich sagte es Ihnen gerade. Ich habe die Schüler zu einer Strafe geschickt.«
»Und wann kommen sie wieder?«
»Sie kommen nicht mehr. Sie gehen von dort heim.«
»Und was ist das für eine Strafe?«
»Sie helfen meiner Frau.«
»Wie helfen sie Ihrer Frau?«
»Sie schälen Erdnüsse.«
Eine kurze Zeit sagte der Inspektor nichts. Dann drehte er sich zu seinem Begleiter und sagte zu ihm: »Das sollten Sie notieren!« Danach wandte er sich wieder zu Papa Luc: »War es nicht anders möglich? Sie wissen doch, daß solche Strafen verboten sind und daß Schüler nicht von den Unterrichtsstunden entfernt werden dürfen, wenn es nicht unbedingt nötig ist?«
»Wenn ich ehrlich sein will, Herr Inspektor, muß ich sagen, daß ich alle diese Bestimmungen eigentlich nicht kenne. Aber mein Vater pflegte zu sagen ...«
»Es interessiert mich im Augenblick nicht, was Ihr Vater sagte«, unterbrach ihn der Inspektor. »Für mich zählen nur die für alle Schulen gültigen Bestimmungen. Die kommen vom Ministerium. Wer sich nicht daran hält, sollte nicht vor einer Klasse stehen. Und noch weniger ein Lehrer, der über diese Bestimmungen nicht einmal Bescheid weiß!«
Kannte Papa Luc die Bestimmungen wirklich nicht? Wir erinnerten uns, wie er unruhig und ängstlich geworden war, als er den Besuch kommen sah. Wenn er aber nicht einmal wußte, daß er Verbotenes getan hatte, warum sollte er sich so ängstlich verhalten haben?
Der Inspektor und seine Leute waren gegangen. Kurz darauf hörten wir das Auto auf der Straße vorbeifahren. Papa Luc stand in der Tür und sah ihm nach, so, als hätte er diesen Männer gern

noch etwas gesagt. Auch die anderen zwei Lehrer standen vor ihren Türen und sahen dem Auto nach. Anschließend kamen sie in unsere Klasse und fragten Papa Luc, was die Stadtleute denn gewollt hätten.

»Seid froh, daß sie nicht zu euch gekommen sind«, war seine Antwort. »Ich erzähle es euch später.«

Sie aber wollten unbedingt sofort darüber sprechen. Vermutlich hatte der Besuch auch bei ihnen Angst ausgelöst.

»Ich habe schon einmal gehört, daß er solch einen Überraschungsbesuch in einigen Schulen bei Lima gemacht hat«, bemerkte der Direktor. »Danach soll es Entlassungen und Versetzungen gegeben haben. Ich will lieber nicht wissen, wo sie jetzt hingehen.«

»Sprich ruhig davon, daß sie heute in deiner Schule waren«, sagte Papa Luc. »Vielleicht gibt es da auch eine Entlassung.«

Die zwei Lehrer ließen ihrer Überraschung in einem lauten »Was?« freien Lauf. Papa Luc drehte sich um und sah, daß wir alles mit anhörten. Darum ging er mit ihnen in den Hof, und sie unterhielten sich lange.

Auch wir sprachen über die Veränderung, die jetzt als Folge auf den Besuch möglich war: Papa Lucs Entlassung. Das machte uns traurig. Als zwei Mädchen anfingen zu weinen, weinten wir alle. Dies alarmierte Papa Luc. Er befahl uns aufzuhören. »Wer hat euch gesagt, daß ich entlassen werde?« fragte er und schickte uns frühzeitig nach Hause.

Das Gerücht von der möglichen Entlassung unseres Papa Luc verbreitete sich noch am selben Abend im ganzen Dorf. Unsere Eltern liefen zu ihm und erkundigten sich, ob es wohl stimme. Das aber konnten weder Papa Luc selbst noch der Direktor unserer Schule beantworten.

Alle Leute im Dorf fanden die Strafen von Papa Luc richtig. Sie konnten sich nicht vorstellen, daß sie ein Grund für eine Entlassung wären. Außerdem waren sie alle mit Papa Luc so eng verbunden, als wäre er einer aus unserem Dorf, obwohl er aus einem anderen Klan stammte und alle Ferien in seinem Heimatdorf verbrachte. Er war aber schon so lange Lehrer in unserem Dorf, daß keiner, nicht einmal er selbst, genau sagen konnte, wieviele Jahre es waren. Er war beliebt, nicht nur wegen seiner von allen geschätzten Arbeit, sondern auch wegen seiner Freundlichkeit, die ihn allen Erwachsenen im Dorf zum Freund gemacht hatte. Niemand konnte sich mit dem Gedanken abfinden, daß er jetzt entlassen würde. Tiefes Entsetzen herrschte im Dorf.

Als wir am nächsten Morgen zur Schule gingen, begleiteten uns alle Eltern. Selbst die, die keine Kinder in der Schule hatten, kamen mit. Keiner freilich wußte, was überhaupt zu unternehmen wäre.

Der Dorfvorsitzende wandte sich zuerst an den Schuldirektor und fragte ihn, ob er denn nichts tun könne. Mühsam genug versuchte dieser zu erklären: »Solche Entscheidungen werden im Ministerium getroffen. Und dort liegt der Bescheid sicher schon vor. Vielleicht hat ihn der Minister schon unterschrieben. Da ist dann nichts mehr rückgängig zu machen.«

Jedermann wunderte sich, daß so etwas so schnell ging. Und man bedauerte, daß keiner aus unserer Gegend in einem Ministerium war und helfen konnte. Während der Vorsitzende noch zu uns Kindern sprach und uns ermahnte, die Schule ernst zu nehmen, damit solche Probleme zukünftig gar nicht erst aufträten, hörte man ein Motorrad kommen.

Es war der Schulrat. Sein Eintreffen als höhere Instanz machte alle gespannt, was er wohl bringen würde. Wollte er die traurige Nachricht bestätigen? Oder brachte er etwas Erfreuliches?

Unser Direktor trat hervor und begrüßte den Gast, als dieser sein Fahrzeug abgestellt hatte. Der Schulrat schaute in die stille Runde, die ihn erwartungsvoll anstarrte.

»Was machen Sie denn gerade?« fragte er den Direktor.

»Wir reden über den Besuch von gestern«, antwortete dieser.

Der Schulrat trat auf die Veranda vor den Schulräumen. Dann redete er zu der Menge:

»Wenn ich richtig verstanden habe, seid Ihr alle da, um zu wissen, was mit eurem Lehrer wird. Ich bin auch deswegen da. Eigentlich wollte ich mit den Lehrern sprechen. Aber ich verstehe, daß Ihr alle interessiert seid an dieser Frage. – Ja, der Inspektor fand den Fehler schlimm, und das reichte für eine Entlassung. Allgemein geht er besonders hart mit älteren Lehrern um bei solchen Übertretungen. Aber ich habe ihm gesagt, daß euer Lehrer einer der besten Lehrer in meinem Bezirk ist. So hat er alles in seine Entscheidung einbezogen, was ihm in der Klasse aufgefallen war, und das meiste war positiv. So ist das schlimmste nicht mehr zu befürchten. Diese Nachricht wollte ich sofort hierher bringen.«

Alle freuten sich über die Wendung. Aber der Dorfvorsitzende trat vor zu dem Schulrat und sagte zu ihm:

»Wie du siehst, freuen wir uns über das, was du uns sagst. Aber wir verstehen nicht, was unser Lehrer überhaupt für einen Fehler begangen hat. Vielleicht kannst du uns das erklären?«

»Wir haben unsere Vorschriften, auch über Strafen in der Schule. So dürfen die Schüler keine Arbeiten verrichten, die dem Lehrer zugute kommen – oder sonst einem einzelnen, nur dem Gesamtinteresse der Schule. Und weiter dürfen die Schüler ...«

Der Vorsitzende ließ ihn nicht ausreden. »Woher wißt ihr denn«, fragte er, »daß andere Strafen besser sind als solche? Oder sollen Kinder gar nicht mehr bestraft werden?«

Der Schulrat gab keine Antwort.

»Was ist das für eine Erziehung, die ihr in euren Schulen wollt?« fuhr der Vorsitzende fort. »Was soll daran falsch sein, wenn einer die Schüler auf Menschen hinweist und ihnen helfen läßt? Jeder, der in diesem Dorf einmal Hilfe brauchte, hat sie schon durch Schüler bekommen können, die dabei ihre Strafe erledigten. Ist die Schule etwas, was mit dem Leben draußen im Dorf gar nichts zu tun hat? Wir jedenfalls wünschen uns von unseren Kindern, daß sie, auch wenn sie fleißig lernen, nicht vergessen, daß wir Menschen einer auf den anderen angewiesen sind.

Du bist unser Sohn. Wenn du also jetzt zurückgehst in dein Büro, vergiß nicht, diesen unseren Wunsch mitzunehmen. Und gib ihn weiter, auch an deine Vorgesetzten.«

Schweigend zerstreuten sich die Leute. Die Lehrer standen um den Schulrat. Wir gingen still in unsere Klassen. Als der Schulrat sein Motorrad anließ, begann der Unterricht von neuem.

Ndongo fing neu an

Ab Mittwoch früh brachten die Frauen der katholischen wie der evangelischen Gemeinde ihre Gaben. Daß sie alle kamen, zeigte die große Sympathie, die sie für Ndongos Mutter hegten – sie drückten es praktisch aus, wenn eine Hilfe brauchte, daß sie einander zugetan waren.

Ndongo wollte am Samstag heiraten. Darum sollte hier geholfen werden. Den ganzen Donnerstag und erst recht am Freitag flossen die Gaben ins Kochhaus von Ndongos Mutter. Sie kamen nicht nur von den Frauen des eigenen Dorfes, sondern auch aus Nachbarorten. Am Freitag war dann kaum noch Platz zum Kochen: Fast die Hälfte des Kochhauses war gefüllt mit Kochbananen, Erdnüssen, Maniok, Hühnern.

Die Frauen brachten ihre Geschenke, weil sie wußten, welche Belastung dies Ereignis für Ndongos Mutter bedeutete. Ihr Mann war vor drei Jahren gestorben; nun kam eine erste große Last auf sie zu. Das wurde von allen Frauen als Herausforderung an ihre Gesamtheit empfunden: Es mußte gut gehen. Sie wußten, wie viele Verwandten zu der Familie gehörten, und alle würden kommen. Sie wußten auch, daß viele einfach deshalb kommen würden, um der Witwe diese Last zu erschweren.

Gewiß, Ndongo hatte seiner Mutter bisher bei allen Arbeiten beispielhaft zur Seite gestanden. Seine Verlobte lebte in gutem Einverständnis mit ihrer Schwiegermutter. Aber für die Generation der Frauen waren die beiden noch »Kinder«. Die Frauen wußten, daß sie Ndongo nicht zu viel überlassen durften. Sein einziger noch lebender Onkel, der an Vaters Stelle handeln müßte, war krank. Auf Wunsch von Ndongo und seiner Mutter hatte er zwar sein Krankenbett in einem anderen Ort verlassen und war zum Fest gekommen – aber nur, um eben dabei zu sein, nicht, um zu organisieren und zu arbeiten.

Seine Söhne hatten Ndongo und dessen jüngerem Bruder geholfen, eine große, mit Palmzweigen überdachte Halle zu errichten. Darin, direkt vor dem Kochhaus seiner Mutter, sollte die Feier stattfinden. Die Söhne des Onkels hatten auch geholfen, die zwölf Schafe und Ziegen einzufangen, die geschlachtet werden sollten, und auch beim Schlachten waren sie dabei. Indirekt also war der Onkel dadurch doch am Fest beteiligt.

Aber der letzte Schritt war noch zu tun, und die Frauen des Dorfes wußten dies. Sie hatten dazu beigetragen, daß mehr als genug Lebensmittel bereit standen. Fünfzehn von ihnen kamen am Freitag allein, um beim Kochen und Reinemachen zu helfen. Alles, was dazu notwendig war, brachten sie mit: Riesentöpfe, Holz für das Feuer, Gewürze, Kochbesteck. Hinter dem Kochhaus richteten sie so viele Kochstellen her, wie für das Fest nötig waren. Den ganzen Tag blieben sie hier geschäftig.

Ndongo sah sich das alles stolz an. Sein Fest, dachte er, wird großartig werden. Auch Ndongos ältere Schwester Jolie war aus der Stadt zum Fest gekommen. Sie wohnte weit weg, zwei Reisetage waren es bis Awolo. Man sagte, es sei die größte Stadt im Land; viele junge Frauen aus den Dörfern dieser Gegend lebten dort. Ab und zu kamen sie heim und brachten allerhand mit; ihren Eltern ermöglichten sie, die mit Stroh gedeckten Häuser niederzureißen und neue zu bauen, mit Wellblech bedeckt. Andere brachten Metallbetten für ihre Eltern mit oder erneuerten ihren Müttern die ganze Einrichtung des Kochhauses. Jolie war es gewesen, der der Neubau eines Kochhauses für ihre Mutter vor fünf Jahren zu danken war: größer, mit Blechdach, eingebauten Ablagen und Vorder- wie Hintertür. In dieser Art gab es nur wenige Häuser im Dorf.

Zur Hochzeit ihres Bruders brachte Jolie einen Anzug für Ndongo und ein Brautkleid für seine Verlobte mit. Im Dorf kaufte sie noch Mengen von Palmwein und Palmschnaps, zusätzlich zu den Korbflaschen mit Rotwein und den zahlreichen Bierkästen, die sie mitgebracht hatte.

Niemand vermochte genau zu sagen, woher Jolie und die anderen jungen Frauen in Awolo so viel Geld her bekamen. Sie machten dort »kleine Arbeiten«, war die allgemeine Antwort; doch ihrer Mutter gefiel es nicht, daß sie diese »kleinen Arbeiten« in Awolog machte. Mutter hätte Jolie lieber verheiratet gesehen, mit Kindern um sie herum. Sie sei verheiratet, sagte Jolie dann, dort in Awolo, mit einem gewissen André. Doch diesen André bekam die Familie nie zu sehen, so daß die Mutter schließlich daran zweifelte, daß er überhaupt existierte. Früher hatte Jolie ihren angeblichen Ehemann immer entschuldigt, wenn sie kam: »André muß viel arbeiten« oder »André reist nicht gern« oder »André mußte zu seiner kranken Mutter ...«. Das Thema André und sein Besuch in Jolies Familie war zum Grund ständigen Streites zwischen Mutter und Tochter geworden; allerdings lag der Mutter nicht an diesem Streit, denn sie war doch froh, wenn Jolie überhaupt wieder einmal zu sehen war.

Einmal war Jolie mit einem Mann im Dorf erschienen; ihre Mutter hatte sich gefreut, den Schwiegersohn endlich sehen zu können. Doch dieser Mann war keineswegs André. Mutters Fragen wurden von Jolie zurückgewiesen, der beginnende Streit darüber alarmierte die Nachbarschaft, und Jolie war am nächsten Tage wieder verschwunden.

Auch bei den Hochzeitsvorbereitungen für ihren Bruder tat Jolie nicht viel. Sie selbst sagte, was die Dorffrauen von ihr sagten: sie habe die Dorfarbeiten verlernt. Das machte sie stolz, denn sie sah sich zur typischen Stadtfrau erhoben; sie sagte darum oft, sie sei eine »Dame«.

Freilich liefen die Arbeiten auch ohne Jolies Hilfe zügig. Freitagnachmittag begannen die ersten Verwandten aus dem Dorf der Mutter einzutreffen, vor allem Frauen. Auch sie nahmen eifrig an den Vorbereitungsarbeiten teil. Die Männer kamen erst am nächsten Morgen. Die Verwandtschaft seitens der Mutter zählte etwa zweihundert Personen, Erwachsene und Kinder.

Samstagmorgen. Nur die Alten blieben zuhause; alle anderen gingen nach Telé. In der kleinen, knapp zehn Kilometer entfernten Stadt, sollte die Trauung stattfinden, erst standesamtlich, dann in der großen katholischen Kirche, wie sie weit und breit nicht ihresgleichen hatte. Hier wohnte der Priester, der in die kleinen Kirchen der Dörfer nur zweimal im Jahr kam – dann freilich nicht wegen einer Trauung, sondern um das Kirchgeld ein-

zuheben und den Kommuniongottesdienst für das Dorf zu feiern.
Vor dem Rathaus wartete ein kleiner Peugeot-Transporter. Diesen Hochzeitswagen hatte Jolie gemietet. Er fuhr das Paar zur Kirche, die etwas abseits vom Stadtzentrum lag. Nach der Trauung fuhr er alle in Gruppen bis zu einem Platz, etwa vier Kilometer vor dem Dorf. Dort wartete eine Gruppe von Balafonspielern, die schon zu musizieren begonnen hatte. Als alle eingetroffen waren, bewegte sich die Menge tanzend in Richtung des Dorfes. Und der Strom der Tanzenden erhielt immer mehr Zuzug.
Der bezwingende Rhythmus der Balafonmusik forderte von den Tänzern kraftvolle, energische Bewegungen. Unter der heißen Sonne schwitzten Musiker und Tänzer gleichermaßen. Am schlimmsten ging es Ndongo in seinem schweren, schwarzen Anzug über dem weißen Hemd mit der Krawatte. Die engen Schuhe hatte seine Schwester in Awolo – natürlich ohne ihn – gekauft; sie drückten ihn. Allerdings bedeutete das alles viel zu viel für ihn, als daß er daran gedacht hätte, sich Erleichterung zu verschaffen. Er stand im Mittelpunkt, es war seine Hochzeit, und kaum jemand hatte solch vornehme Kleidung bisher getragen, wie er sie trug.
Als sie an der Festhalle ankamen, hatte sich das ganze Dorf schon zum Festzug gesellt. Das Brautpaar tanzte voran, die anderen hinterher. Sie tanzten um das Kochhaus der Mutter herum; ein junger Mann gab aus einem Jagdgewehr ein paar Schüsse in die Luft ab. Sie waren angekommen.
Zwei Stühle standen in der Mitte der Halle: der Platz für das Paar. Doch als sie sich setzen wollten, wurden sie von allen aufgefordert, doch weiter zu tanzen – ein Zeichen, daß ihre Geschicklichkeit beim Tanz Anerkennung fand. Nach einer weiteren Runde ließ man sie in Ruhe; nun konnten sie den anderen beim Tanz zusehen. Alle bildeten eine lange Schlange, die an dem Paar vorbeitanzte. Jeder warf dabei ein Geldstück in die Schüssel, die vor dem Paar stand, und schloß dann mit einem letzten, besonders festlichen Tanzschritt ab; dabei ließen viele

eine ganz enorme Geschicklichkeit erkennen. Tanzen mußten alle, auch die, denen dabei nichts besonders Gutes gelang – sie wurden entsprechend vom Lachen der anderen begleitet. Wer nichts einzulegen hatte, bemühte sich noch mehr, einen überzeugenden Schlußtanz vorzulegen. Die Frauen begleiteten alles mit schrillen Schreien und drehten sich im Kreis. Es wurde auch noch mehrfach geschossen, einmal unmittelbar vor dem Brautpaar in die Palmblätter der Überdachung; das alles drückte die Freude aus, die alle Versammelten empfanden.

Die Schlange schien kein Ende zu haben. Als der letzte Tänzer vor dem Brautpaar seinen Schlußschritt absolviert hatte, folgte die verdiente Essenspause. Man setzte sich in Gruppen – die großen Familien bildeten jeweils eine Gruppe, kleinere Familien bildeten eine Gruppe zu zweit. Jeder bekam genug zu essen, mancher nahm noch etwas mit nach Hause. Es war inzwischen Abend geworden; alle waren zufrieden, vor allem mit der Menge des Essens. Das Festmahl war für viele der eigentliche Höhepunkt, weniger der Tanz zuvor; das ganze Fest wurde beurteilt nach Menge und Geschmack des Mahles.

Ndongo sah sich alles mit großem Stolz an. Was er sich gewünscht hatte, geschah in der Tat: Seine Hochzeit war ein voller Erfolg. Als er die restlichen Vorräte in der Küche sah, meinte er zufrieden: »Damit wollen wir die Frauen gut belohnen, die uns dabei geholfen haben!« Die Mutter antwortete mit stolzem Lächeln.

Der Abend brachte nur eine vorübergehende Unterbrechung des Tanzes. Fast alle kamen später wieder und tanzten bis ins Morgengrauen ohne Unterbrechung. Nur ein paar Frauen gingen am nächsten Tag in die Kirchen. Alle anderen ruhten sich aus und versammelten sich am Sonntagabend erneut zum Tanzen und Trinken. Es fehlte nicht an Getränken, obwohl die Verwandten aus dem Dorf der Mutter bis Mittwoch blieben und Tage danach andere junge Männer allabendlich ihrem jungverheirateten Dorfgenossen ihren Besuch machten, vor allem des Weins und des Bieres wegen. Noch lange sprach man von dieser großartig gelungenen Hochzeit.

Jolie war dieses Mal viel länger geblieben, als sie es sonst zu tun pflegte. Erst zwei Wochen nach der Hochzeit fuhr sie zurück. Vorher hatte sie noch eine lange Unterhaltung mit Ndongo. Er hatte sich bedankt, weil vor allem seine Schwester ihm ermöglicht hatte, eine so schöne Hochzeit zu feiern. Jolies Reaktion allerdings überraschte den Bruder:

»Das war aber das letzte Mal, daß ich dir und der Mutter helfe. Ich bin am Ende meiner Möglichkeiten angelangt!«

»Ihr lebt doch in der Stadt, wo es viel Geld gibt. Wir rechnen schon damit, daß du uns in schwierigen Situationen immer helfen wirst.«

»So einfach ist es eben nicht. Mein Rat an dich wäre: Komm doch selber mit in die Stadt, arbeite dort, verdiene Geld, damit du immer etwas hast für dich und für die Mutter. Ich fühle mich hier immer wenig willkommen, wenn ich zu euch fahre. Darum habe ich keine Lust mehr, der Mutter zu helfen und überhaupt sie zu besuchen. Ich muß jedes Mal Schulden machen und bekomme Ärger mit meinen Bekannten. Du mußt das verstehen: Ich muß mehr für mich selbst leben.«

Ndongo überlegte sich das lange. Er hatte noch nie daran gedacht, in die Stadt zu gehen und Arbeit zu suchen. Aber warum eigentlich sollte er es nicht tun? Wäre das nicht eine gute Lösung? Irgendwann mußte er seiner Frau ein eigenes Kochhaus bauen, wie es sich bei Gründung einer Familie gehört. Wo sollte er das Geld dazu hernehmen? Er kannte keinen jungen Mann im Dorf, der in die Stadt gegangen wäre und dort Geld verdient hätte. Aber probieren könnte er es doch einmal.

Die Feldarbeiten? Seine Frau? Was sollte daraus werden? Langsam bedachte er, daß er mit genug Geld in der Stadt sicher ein paar Männer im Dorf für die Arbeit bei der Mutter bezahlen könnte. Mit Geld sei ja schließlich alles zu schaffen.

Als er davon sprach, seine Frau mitzunehmen, stieß er bei Jolie auf Widerstand:

»Ich kenne viele junge Männer, die dort in Awolo arbeiten, einige auch aus unserem Klan. Keiner von ihnen schleppt gleich seine Frau mit dorthin. Bedenke, daß du zunächst bei mir wohnen mußt – so viel Platz habe ich nicht. Wenn es dann noch lange dauert, bis du Arbeit findest, wird es mir zu viel, euch beide unterzubringen und zu ernähren. Wenn du erst eine Arbeit hast und selbst Geld verdienst, kannst du deine Frau ja kommen lassen.«

Diese Lösung fand Ndongo gut; es würde sich nur um ein paar Tage, höchstens einige Wochen handeln, bis er eine Arbeit gefunden hätte.

Noch am gleichen Abend teilte Ndongo seinen Beschluß der Mutter mit. Weder ihr Widerspruch noch ihr bald ausbrechendes Weinen, in das die junge Frau Ndongos einstimmte, vermochten den Beschluß zu ändern. In der Nacht holten sie sogar den alten Ondua, den am meisten geachteten Mann im Dorf. Auch er versuchte, Ndongos Meinung zu ändern; er bedauerte, daß ein so kluger junger Mann, auf den sich viele Blicke und Hoffnungen richteten, einen solch sinnlosen Entschluß traf. Was, fragte er, würde wohl Ndongos verstorbener Vater dazu gesagt haben?

Es war alles vergeblich. Ndongo blieb bei seiner Entscheidung. Der Streit zog sich durch die ganze Nacht. Die Mutter verbot schließlich Jolie, sich je wieder im Dorf sehen zu lassen, wenn sie doch nur komme, um alles durcheinander zu bringen. Am Morgen wollte die Mutter mit niemandem mehr reden. Ndongos Frau ging fort, zurück zu ihren Eltern in einem anderen Klan. Ndongo hatte dies nicht verhindern können, und seine Mutter fand den Entschluß der jungen Frau richtig; sie rechnete damit, daß dies Ndongo umstimmen könnte, zuhause zu bleiben und spätestens in der nächsten Woche seine Frau zurückzuholen.

Aber am nächsten Tag reiste Ndongo mit Jolie ab nach Awolo.

Eine Woche lang war Ndongo schon in Awolo. Weder hatte er eine Arbeit gefunden noch wußte er, wie und wo er eine finden könnte. »Du mußt suchen!« hatte Jolie ihm gesagt. Also war er jeden Tag von dem Barackenviertel weggegangen, hinein in die Stadt, jeden Tag weiter.

Die Stadt machte ihm Angst. Die großen Häuser standen wie

Monster vor ihm. Angesichts der vielen, dicht hintereinander und schnell fahrenden Autos fühlte er sich schwindlig und hilflos; wie sollte man eine solche Straße überqueren?
Dazu kamen die vielen Menschen. Eilig liefen sie neben- und durcheinander. Ihre Gesichter waren ihm fremd; fast alle sprachen andere Sprachen als Ndongo – er hatte das Gefühl, in der Stadt verloren zu sein.
Bei einem seiner Ausflüge in die Stadt wurde das Gefühl übermächtig, denn er fand den Weg zurück nicht mehr. Er traute sich nicht, jemanden zu fragen, wie er zum Viertel seiner Schwester zurückkäme. Er hatte Angst, man würde ihm mit Schlägen antworten. Er hatte an den Straßen schon viele Schlägereien gesehen. Es schien, daß die Leute sie wie eine Vorführung betrachteten: Menschen sammelten sich um die Streitenden, feuerten sie an – und wenn einer sie trennen wollte, wurde er zurückgezogen.
Wenn ich angegriffen werde, bin ich verloren, dachte Ndongo. Ihm würde niemand beistehen. Die Leute in der Stadt schienen geübt zu sein in solchen Raufereien.
Es wurde Nacht, und Ndongo wußte noch immer nicht, wie er heimfinden sollte. Die Stadt änderte ihr Gesicht. Die Geschäfte schlossen. Die Straßen wurden leerer. Nur der Autoverkehr blieb intensiv; viele Taxis fuhren, voll oder leer, vorüber. Eins von ihnen hielt er an und nannte das Viertel, wo seine Schwester wohnte.
»Du Blödmann, das ist doch nicht diese Richtung!«, hatte der Taxifahrer zur Belustigung seiner drei Fahrgäste gesagt. Nun traute er sich nicht einmal mehr, ein Taxi anzuhalten.
Die Angst wurde mächtiger in ihm. Die Leere um ihn wurde nun so unerträglich, wie es sonst die Überfülle der Stadt für ihn war. Jetzt bedauerte er, daß die Menschen nicht mehr herumliefen, vor denen er am Tag Angst gehabt hatte. Ndongo lief hin und her; er hoffte, hinter der nächsten Ecke etwas Vertrautes zu erkennen. Wenig beleuchtete Straßen mied er, ebenso die wenig befahrenen Seitenstraßen.
Er meinte, jemand laufe hinter ihm her. Jetzt kamen die Erinne-

rungen hoch an alles, was im Dorf von den großen Städten erzählt wurde. Raubüberfälle und Morde gehörten doch zum Alltag hier, hieß es. Ndongo fing an zu rennen.
Kam ein Taxi, versuchte er nun doch, es anzuhalten. Aber die einen waren voll, und wenn eins leer war, hielt es auch nicht. Man sagte in der Stadt, für Taxifahrer sei es nachts gefährlich, jemanden mitzunehmen, der allein sei: Banditen würden so in das Taxi kommen, den Fahrer ermorden und mit dem Auto und der Tageseinnahme davonfahren. Sicherheitshalber nahm mancher Taxifahrer einen Bekannten gegen Bezahlung mit, nur um nicht allein zu sein.
Ndongo rannte immer schneller. Er wurde langsam müde. Als er beinahe nicht weiterkonnte, hielt endlich doch ein Taxi. Er nannte sein Viertel, und der Fahrer überlegte nicht lange und sagte nicht, es sei die falsche Richtung. Er lud ihn in sein leeres Taxi ein. Ndongo zögerte. Es sollte ja auch Killerfahrer geben – möglicherweise hatte dieser ihn als Opfer ausersehen? Blitzschnell schloß Ndongo die Autotür und rannte wieder los.
Doch das Taxi fuhr nebenher, und der Fahrer fragte ihn, was er habe. Ndongo sah sich in einer Zwickmühle: Folgte ihm wirklich jemand, würde er nicht mehr weit laufen können – die eine Gefahr. Der Taxifahrer konnte ihn retten, aber er konnte ihn auch für sich selbst beanspruchen. Als die Autotür wieder aufging, stieg Ndongo fast automatisch ein, obwohl ihn die Angst würgte.
»Du hast großes Glück«, sagte der Fahrer; »ich wohne nämlich in dem Viertel.« Er hatte eine ausgesprochen freundliche Stimme. Er sprach Französisch, die offizielle Sprache; Ndongo konnte mit seinen begrenzten Kenntnissen nur wenig sagen. Jetzt war er erleichtert durch die Art und die Stimme dieses Mannes.
»Für mich ist der Arbeitstag zu Ende; ich gehe schlafen«, sagte der Fahrer. »Etwas Zeit muß man ja auch für seine Frau haben. Ein Arbeitstag bis Mitternacht ist lang genug.« Erst jetzt nahm Ndongo wahr, wie spät es inzwischen geworden war. Er antwortete nicht, sondern saß müde und sehr hungrig neben dem

Fahrer. Beinahe wäre er eingeschlafen, aber der andere sprach ihn erneut an:
»Du siehst recht müde aus. Bestimmt hast du auch einen langen Arbeitstag hinter dir? Warte nur, bald bist du daheim und kannst schlafen. Ich liebe es, wenn ich mich ausstrecken kann – ich schlafe meistens bis neun Uhr früh, dann frühstücke ich in Ruhe und mach mich wieder an die Arbeit. Ich bin nicht so scharf hinter dem Geld her; man soll es nicht so wild suchen. Mein Bruder ist da ganz anderer Meinung. Er hat dort im Viertel eine Bar. Du kennst sicher die ›Etoile Bar‹? Die gehört meinem Bruder. Für ihn hat um Mitternacht die Arbeit erst richtig begonnen. Um drei macht er zu, ab sechs ist wieder geöffnet. Warum soll er nicht? Jeder muß tun, was er für richtig hält und was sein Körper mitmacht. Ich jedenfalls könnte so nicht arbeiten.«
Es gab eine Pause im Gespräch. Dann fragte der Fahrer Ndongo, was er denn machte. Mit Mühe versuchte dieser, von sich zu erzählen. Als Ndongo fertig war, sagte der Taxifahrer, sein Bruder suche gerade einen Helfer für seine Bar. Den bisherigen habe er am Tag zuvor entlassen, weil er in der Nacht einen halben Kasten Bier geleert hatte. »Wir können gleich zu ihm fahren; wenn du Glück hast, nimmt er dich vielleicht. Mein Bruder ist streng und ärgert sich noch über den anderen. Hast du überhaupt Interesse an solch einer Arbeit?«
Ndongo war wieder hell wach. Die Möglichkeit, endlich eine Arbeit zu finden, hatte ihn elektrisiert. Besser hätte dieser schlimme Tag nicht enden können.
Sie hielten vor der Bar. Sie war voll. Die Tanzmusik aus dem Plattenspieler war so laut, daß die an der Bar oder auf den Wandbänken Sitzenden fast schreien mußten, um sich zu verständigen. Die meisten tanzten heftig und mit großen Bewegungen auf der freien Fläche dazwischen.
Der Fahrer und Ndongo drängten sich durch die Menge zur Bar. Da stand der Bruder, ein großer Mann mit Schnurrbart. Er trocknete eben den Bartisch ab; auch bei der Begrüßung durch seinen Bruder ließ er keinen Blick von seiner Beschäftigung, ant-

wortete aber, wenngleich in einer Ndongo fremden Sprache. Der Fahrer stellte Ndongo vor, das jedenfalls meinte er wahrzunehmen; darum stellte er sich sehr gerade hin und wollte einen guten Eindruck machen. Doch der große Mann blickte erst, als er mit Abtrocknen fertig war, lange auf Ndongo. Was er dann sagte, übersetzte sein Bruder: »Er kann dich schon brauchen.« Ndongo lächelte erfreut. Er wollte die Taxifahrt bezahlen; aber die Antwort hieß: »Kauf uns lieber ein Bier dafür, dann können wir auf dein Wohl trinken; so wird das bei solchen Anlässen gemacht!« Nach dem Umtrunk verabschiedete sich der Taxifahrer und versprach, am nächsten Tag vorbeizuschauen.

Ndongo setzte sich auf eine leere Bierkiste an der Wand. Trotz des Lärms schlief er ein, den Kopf in die Hände gestützt, wachte freilich bald wieder auf.

Um drei Uhr war die Bar leer. Der Chef kam auf ihn zu. »Die Arbeit ist ganz einfach«, sagte er zu Ndongo, »sie besteht darin, daß du, wenn Getränke kommen, sie aus dem Wagen ablädst und die leeren Kästen auflädst. Hinten ist ein Getränkelager – von dort bringst du mir die Flaschen zur Bar. Wenn die Geschäftszeit vorüber ist, mußt du hier saubermachen und aufräumen; wann du es machst, ist dir überlassen. Für mich ist nur wichtig, daß alles in Ordnung ist, wenn ich um sechs hereinkomme. Schlafen kannst du hier; Kartons sind hinten im Lager, da kannst du dir etwas unterlegen; eine Decke ist auch da. Dein Schlaf sollte aber nur ein halber Schlaf sein; deine Hauptaufgabe ist, einen möglichen Einbruch zu verhindern. Du hast eine gute Waffe. Ein langes Messer liegt ebenfalls im Lager. Alles klar?«

Ndongo hatte ziemlich alles verstanden. Ihm kam die Arbeit sehr reichlich vor, aber zuerst einmal war er froh, eine Arbeit gefunden zu haben. Außerdem lag die Bar ziemlich in der Nähe von der Wohnung seiner Schwester.

Sobald es am nächsten Tag möglich war, ging er zu Jolie. Ihm schien das die einzige Möglichkeit, wenigstens einmal am Tag an eine warme Mahlzeit zu kommen.

Seine Schwester saß mit einer anderen Frau auf der Veranda der Baracke, in der sie ihr Zimmer hatte. Die beiden ließen sich durch Ndongos Kommen nicht stören; nach einer Weile ging er in das Zimmer. Es war nicht groß, hatte gerade genug Platz für das breite Bett und den Nachttisch. Die Lehmwände dienten als Garderobe. In einer Ecke standen ein paar Kochtöpfe und Essenschüsseln aufgestapelt, da gab es auch Löffel. Wasser holte sich Jolie bei den Nachbarn, wenn sie es zum Kochen oder Waschen brauchte; sie zahlte dafür monatlich einen festen Betrag. Der alte Petroleumkocher stand neben den Töpfen.

Obwohl es nicht seine Gewohnheit war, suchte Ndongo in den Kochtöpfen nach etwas Eßbarem. Vergeblich. Er setzte sich auf das Bett, wollte eigentlich nachdenken und war sofort eingeschlafen.

Als Jolie ins Zimmer kam und ihn weckte, fragte sie: »Wo arbeitest du?« Erstaunt erkundigte er sich: »Woher weißt du, daß ich arbeite?«

»Frag nicht so dumm, kleiner Bruder. Meinst du nicht, ich wüßte nicht, warum du die ganze Nacht draußen warst? So macht ihr es doch alle. Ich hab ja nichts dagegen, finde es gut. Für zwei ist mein Zimmer sowieso zu klein, und es müßte dich eigentlich stören, mit deiner Schwester im selben Zimmer zu wohnen. Ich will nur wissen, wo du arbeitest. Vielleicht kann ich dich dort einmal besuchen? Und damit du gleich weißt: Es gibt hier erst am Abend etwas zu essen – deswegen bist du doch gekommen?«

Jolies Worte überraschten Ndongo. Er hatte gedacht, sie sei besorgt gewesen, ihm könnte etwas passiert sein; er hatte mit Vorwürfen gerechnet, daß sie seinetwegen die ganze Nacht nicht hätte schlafen können. Und wenigstens hatte er sie mit der Nachricht überraschen wollen, daß er nun eine Arbeit besaß. Nun lief alles anders. Ndongo war verstört. Aber Jolie sprach weiter:

»Hast du die Sprache verloren?«

»Ich gehe gleich wieder. Ich will dir nicht zur Last fallen. Ich kam, weil ich Hunger habe, das stimmt. Aber nicht nur deshalb. Ich wollte dir mitteilen, daß ich in der ›Etoile Bar‹ Arbeit gefunden habe. Und ich wollte dich fragen, ob du mir die Matte leihen kannst, auf der ich hier geschlafen habe; in der Bar schlafe ich auf ausgebreiteten Kartons, weniger schön. Ich kaufe mir eine Matte, sobald ich es kann. Im Augenblick brauchte ich deine. Du weißt ja, wie wenig Geld ich habe, denn du hast mir fast alles abgenommen, als wir hier angekommen waren.« Damit stand Ndongo auf, nahm die Matte und wollte gehen. An der Tür blieb er noch einmal stehn. »Werde ich also bei dir nicht essen können?« fragte er.

»Setz dich noch einmal hin!« sagte Jolie. »Freilich kannst du bei mir essen, wenn ich gerade da bin und etwas zu essen habe. Auch deine Kleidung – wie sieht sie denn jetzt aus? Wer soll da noch erkennen können, daß das Hemd einmal weiß war? Du mußt mir deine Sachen regelmäßig zum Waschen bringen. Es ist ja eine Schande, wie du herumläufst. Auch waschen kannst du dich gelegentlich hier. Aber du weißt selber: Essen, Wasser, Seife, das kann man hier nicht einfach holen – das kostet Geld. Und du weißt auch, daß ich weniger Geld als Schulden habe. Am besten wird sein, du gibst mir am Ende jedes Monats deinen Lohn; ich behalte, was du als Beitrag zu den gemeinsamen Kosten zahlst, und den Rest bewahre ich für dich auf. In der Bar hast du dazu keine gute Gelegenheit, und beim Herumgehen machst du noch einen so ländlichen Eindruck, daß man dir das Geld spätestens am nächsten Tag wegnehmen wird.«

Der Vorschlag erschien Ndongo vernünftig. Vielleicht sollte er ihr sogar das erste Gehalt ganz schenken. So gehörte es sich ja, daß die Eltern oder ältesten Geschwister das erste Gehalt eines jüngeren fast ganz bekamen, zum Dank. Jolie aber hatte er nun besonders viel zu danken. Sie hatte ihn ja hierher mitgenommen...

Als Ndongo ging, rief ihm Jolie nach: »Komm abends zum Essen!«

Aber am Abend hatte Ndongo so viel zu tun, daß er die Bar nicht verlassen konnte. Also mußte es wieder ohne Essen gehen. Auf der Bar stand eine Schüssel voller großer Rindfleischstücke, die in starkem, wohl gewürzten Palmöl schwammen; die Frau des Chefs hatte sie zum Verkaufen hingestellt. Aber Ndongo hätte seine ganze restliche Habe hergeben müssen für ein solches Stück Fleisch. So mußte er zusehen, wie sich andere das leisteten.

Allmählich gewöhnte sich Ndongo an seine Arbeitsstelle. Stimmung und Menschen wurden ihm langsam vertraut. Er fand sogar Freunde. Zwei junge Leute kamen oft tagsüber und unterhielten sich lange mit ihm. Am Abend waren sie zum Tanz da. Inzwischen kannten ihn alle Leute, die hierher kamen zum Tanzen oder Einkaufen. Sie nannten ihn Ngo; denen aus anderen Stämmen war sein Name nicht geläufig. Ihn störte es nicht.

Auch die Schwierigkeiten, den ganzen Tag sich in Französisch verständigen zu müssen, wurden weniger. Seinem Chef gefiel er; manchmal spendierte dieser ihm ein Bier oder eine Zigarette. Aber er redete wenig mit ihm, kaum mehr, als ihm die Anweisungen zu geben für seine Arbeit.

Hatte Ndongo abends eine kleine Pause, tanzte er fleißig mit. Er ließ sich von dem Vergnügen vereinnahmen; das Essen fehlte ihm immer weniger, und Alkohol trank er immer mehr. Auch der Schlaf fehlte ihm kaum noch. Dieses Leben gefiel ihm.

Da sein Alkohol-Verbrauch stieg, bat er den Chef um Erlaubnis, ab und zu ein Bier oder gar einen Wein nehmen, alles auf einem Zettel eintragen und am Ende des Monats mit seinem Lohn verrechnen zu dürfen. Der Chef schaute ihn streng an, sagte aber zu.

Ndongo bekam immer weniger am Monatsende. Jolie gefiel dies ganz und gar nicht. Sie drohte ihm an, ihn nicht mehr in ihr Zimmer zu lassen, wenn sich das nicht ändere. Doch diese Drohung machte Ndongo nichts aus. Am Ende des nächsten Monats bekam er überhaupt nichts ausgezahlt; im Gegenteil, es waren Schulden aufgelaufen. Jolie verbot ihm prompt, sie zu besuchen; Ndongo lächelte nur. Es machte ihm nichts aus, und er ließ sie ohne Schmerzen hinter sich. Manchmal mußte nun ein Stück Brot für mehrere Tage reichen. Leib und Seele brauchten nicht mehr, als was ihm die Bar bot – Arbeit, Menschen, Leben.

Eines Abends war er wieder beim Tanz. Er wirkte etwas betrunken; entsprechend wild tanzte er. Mehr und mehr von den anderen hörten zu tanzen auf, um ihm zuzusehen. So war es schon

öfters gewesen an den letzten Abenden. Sie feuerten ihn an, und seine Bewegungen wurden wilder und wilder. Inzwischen bildete er den Mittelpunkt eines Kreises von Menschen, die ihm zuschrien und im Tanzrhythmus klatschten.
Einer hatte mit der Bierflasche in der Hand getanzt; nun stellte er sie auf den Boden, um die Hände frei zu haben zum Klatschen. Ndongo, in seinem Tanz versunken, sah nicht, daß er an die Flasche stieß, daß sie umkippte und das Bier sich über den Boden ergoß. Er sah es nicht und spürte es nicht, er tanzte, als wäre nichts passiert.
Aber dem Eigentümer der Flasche war keineswegs gleichgültig, was da passiert war. Mit der linken Hand packte er Ndongo, mit der rechten Faust schlug er zu. Ndongo fiel zu Boden und stand benommen wieder auf. Er blickte den Angreifer an, als bäte er ihn um Entschuldigung. Dieser aber schlug erneut zu. Die Musik lief weiter, und alle, die beim Tanzen zugeschaut hatten, sahen nun zu, wie Ndongo geschlagen wurde. Keiner seiner Freunde fühlte sich zu seiner Verteidigung berufen.
Der Chef hatte das Ganze zunächst unbeteiligt hinter der Bar verfolgt. Schließlich stoppte er die Musik und trat in den Kreis, der sich sofort für ihn öffnete. Ndongo meinte, er würde nun in Schutz genommen. Er hielt es zunächst für ein Mißverständnis, als der Chef ihn aufforderte, den Raum zu verlassen. Aber der Barbesitzer wiederholte energisch seine Aufforderung. Langsam stand der junge Mann auf und ging hinaus. Kaum war er draußen, ertönte die Musik von neuem, die Stimmung da drinnen war wieder wie zuvor. Niemand lag daran, den Vorfall zu erwähnen.
Ndongo setzte sich hinter dem kleinen Gebäude nieder. Er weinte. Er tat sich selbst leid. Und da war wieder die Angst: Alle diese Leute, sein Chef, die Freunde, die Begeisterten da drin, alle machten sie ihm Angst.
Um drei schloß der Chef seine Bar und ging nach Hause, ohne sich nach Ndongo umzusehen. Dieser blieb die Nacht über an der Stelle sitzen. Zu seiner Schwester durfte er nicht mehr. Am nächsten Morgen verbot ihm der Chef, die Bar zu betreten,

kaum daß er sich zeigte. Er mochte ihm gute Worte geben und bitten; der Chef hatte entschieden.

Ndongo blieb keine andere Möglichkeit, als zu seiner Schwester zurückzukehren. Sie hatte keinen Grund, ihn freundlich zu empfangen. Zu all ihrem Schimpfen jedoch blieb Ndongo still. Abends ging Jolie aus und blieb die ganze Nacht weg. In dieser Nacht genoß Ndongo das bequeme Bett.

Am nächsten Morgen sagte Jolie ihm, sie würde am Sonntag mit ihm zu einem Fest gehen, das dreimal im Jahr die Leute des Klans, aus dem sie beide stammten, in der Stadt vereinte. »Ich hoffe, daß einer unserer Klanbrüder, die wir dort treffen, dir eine Arbeit vermitteln kann. Du wirst ja immer mehr zu einer Schande für mich; du mußt endlich selbständig werden, statt an deiner Schwester zu hängen! Ich will nicht mehr, verstehst du? Du mußt es unbedingt schaffen!«

Am Sonntag war Ndongo über die Menge der Menschen, die sich da trafen, verwundert. Ihr Klan war groß und im Süden des Landes weit verstreut. Er hatte sich fein gemacht – aber er mußte rasch feststellen, daß er in dieser großen Menge keinen Eindruck machte; die anderen kannten sich zumeist, und Jolie war sehr bekannt unter ihnen.

Das Fest fand diesmal im Haus einer großen Persönlichkeit statt; der Mann stand einer wichtigen Organisation vor – Ndongo kannte ihn nur vom Namen. »Selbst Minister sind kleiner als er«, pflegte man zu sagen. Für Ndongo war es ein ganz neuartiges Erlebnis, im Haus einer solchen Persönlichkeit zu sein; er bewunderte die Möbel und viele Einrichtungsgegenstände, von denen er gar nichts verstand.

Das Fest hatte zwei Teile. Zunächst wurden alle Anwesenden aufgerufen, und jeder zahlte seinen Beitrag für die Kasse des Klans, die in Not geratenen Mitgliedern helfen sollte. Neuzugezogene mußten sich ebenfalls vorstellen; diesmal war Ndongo der einzige. Als er dran war, wußte er nicht, was er sagen sollte, und stotterte. Am liebsten wäre er gleich wieder gegangen. Aber die »Brüder« und »Schwestern« hatten Verständnis dafür, daß jemand, der noch nicht lange in Awolo lebte, schüchtern war; sie versuchten, ihn ein wenig zu ermutigen. Jolie warfen sie vor, daß sie ihnen noch nichts von ihrem Bruder erzählt hätte, der doch schon monatelang in Awolo weilte. Allmählich fühlte sich Ndongo angenommen.

Der zweite Teil des Festes war das Essen – es gab so viel, daß nicht nur jeder satt werden, sondern auch etwas mit heimnehmen konnte.

Während des Essens kam Jolie dazu, mit dem Gastgeber zu sprechen. Sie bat ihn um Arbeit für Ndongo; er würde mit allem zufrieden sein, was er bekäme.

»Das ist eben das Problem«, antwortete er ihr, »ich kann nur Leute anstellen, die nicht mit allem zufrieden sind. Dies ist die Ebene hoch qualifizierter Leute. Dein Bruder aber ist nahezu ein Analphabet – mit dieser Ebene habe ich nichts zu tun.«

Jolie gab nicht auf. Sie sprach mit den Brüdern Ngeba und Mando. Mando arbeitete im Rathaus, Ngeba bei der Post. Es waren freundliche Männer, freilich ohne hohe Stellung.

»Er soll doch einmal zu uns kommen; dann überlegen wir uns, was möglich ist«, sagte Mando.

Ein paar Tage später begleitete Jolie ihren Bruder zu den neuen Bekannten. Sie wohnten nebeneinander; der eine hatte zwei Frauen und sieben Kinder, der andere drei Frauen und zehn Kinder.

Abends kamen sie an. Das Haus war voller Leben um diese Zeit. Die zwei Brüder saßen auf der Veranda und unterhielten sich, als der Besuch ankam. Dann gingen sie in die Wohnung des älteren, Mando. Er holte eine Flasche Rotwein aus dem Schrank und schenkte allen ein. Jolie ging nach dem ersten Glas; sie hatte viel vor an diesem Abend, sagte sie. Ndongo folgte der Unterhaltung der beiden Brüder, von der er wenig verstand, mit Langeweile. Als die Mütter und Kinder im Bett waren, meinten die Brüder, sie wollten nun auch schlafen gehen. Ndongo wußte nicht, woran er war. Den ganzen Abend wurde kaum über ihn und kaum mit ihm gesprochen. Sollte er jetzt wieder nach Hause fahren? Nicht einmal Geld für ein Taxi hatte ihm Jolie dagelassen!

In seine Überlegungen hinein sprach Mando: »Du wirst zunächst bei uns wohnen. Vorübergehend, bis du eine Arbeit gefunden hast. Wir werden uns darum bemühen, aber es wird nicht leicht sein. Solange wir nichts finden, hilfst du unseren überlasteten Frauen im Haus.«
Ndongo schlief im Wohnzimmer auf einem Sofa. Am Morgen ging er auf den Markt und erledigte die Einkäufe für die fünf Frauen. Er spülte das Geschirr ab, kehrte die Böden der Wohnungen, tat diese und jene kleine Arbeit. Dafür durfte er hier wohnen und essen.
Nach zwei Monaten gab es eine Arbeit für Ndongo. Mando hatte von einem Freund, der auf dem Bahnhof arbeitete, erfahren, daß am nächsten Tag zehn Männer angeworben werden sollten. Der Güterbahnhof brauchte zusätzliche Kräfte, um die Güter von den Waggons in die Lager zu bringen. Mando hatte seinem Freund erzählt, daß er einen jungen Mann auf Arbeitssuche bei sich habe. Es komme darauf an, wieviel er leisten könnte, war die Antwort. Der Beamte wollte nur zehn Männer anstellen, obwohl Löhne für 20 beantragt worden waren. Also sollten die zehn für zwanzig arbeiten, während der Beamte sein Gehalt um 50 Prozent der neuen Lohnsumme aufstockte.
Ndongo erschien am nächsten Morgen um sieben Uhr am Güterbahnhof. Viele Leute standen Schlange vor dem Büro. Zwar wußte er, daß er diesmal eine Anstellung finden sollte, aber angesichts der vielen Bewerber kamen ihm neue Zweifel. Er stellte sich ans Ende der Schlange, die freilich weiter wuchs.
Als der Beamte, Mandos Freund, um acht Uhr kam, fing er ganz hinten an. Jeden fragte er nach seinem Namen, dabei schaute er auf einen Zettel in seiner Hand, auf dem bereits einige Namen standen. Kam er zu einem, dessen Namen er notiert hatte, stellte er einige kurze Fragen, dann durfte derjenige ins Büro gehen und dort warten.
Als Ndongo an der Reihe war und seinen Namen gesagt hatte, schaute ihn der Chef eine Weile streng an. »Warum stehst du so weit hinten? Du bist wohl zu spät gekommen?«, fragte er. Ndongo gab keine Antwort. Er war nicht hier, um zu reden,

sondern um Anweisungen zu bekommen. Er stand da wie ein Soldat vor seinem Vorgesetzten, sein Blick verlor sich ins Leere, und er bewegte sich kaum. Der Chef aber lächelte und schickte ihn ins Büro.

Ndongo hatte Arbeit, am nächsten Tag konnte er anfangen. Mit seinen neuen Kollegen verstand er sich gut, und selbst die schwere Arbeit gefiel ihm in dieser kameradschaftlichen Umgebung. Gleich am ersten Tag sprach er einen der Kollegen wegen eines Zimmers an; drei Tage später konnte er ein eigenes Zimmer beziehen. Bevor er die Brüder Mando und Ngeba verließ, sagte er ihnen, daß er seine Dankbarkeit vorerst nur mit Worten ausdrücken könnte; er hoffe aber, es bald anders sagen zu können. »Das hoffen wir auch«, antwortete Mando, und Ngeba fügte hinzu: »Und nicht nur wir, sondern auch unsere Frauen, die dich die ganze Zeit versorgt haben.«

Ndongo zog in sein Zimmer. Er fühlte sich keineswegs reif genug, so allein zu leben. Als er abends im Taxi saß, flüsterte er sich zu: »Es wird schon gehen.« Die neue Umgebung erinnerte ihn an das Viertel, wo Jolie wohnte. Es war laut und belebt. Die vielen Bars an den Straßen sahen alle seiner »Etoile Bar« ähnlich. An vielen Stellen saßen Frauen an der Straße und grillten Fisch, den sie an die Vorübergehenden verkauften; hier und da brieten Männer Rindfleisch zum Verkauf. Durch das offene Fenster des Taxis konnte er alles sehr nahe spüren, denn das Auto mußte oft langsam fahren wegen der vielen Fußgänger auf der Straße. Diese Wohnviertel lebten am Abend erst auf, während die Stadtmitte dann einzuschlafen schien und wie leblos dalag.

»Es wird mir hier sicher gefallen«, sagte Ndongo, als er ausstieg. Er ging in sein Zimmer – in das einladende Draußen traute er sich noch nicht, und ohne Geld konnte er sowieso nichts unternehmen. Sein Zimmer war wenig größer als die Matte, auf der er schlief. Er träumte davon, ein größeres zu mieten, wenn er genug Geld gespart haben würde. Ein Zimmer, so groß, daß er seine Frau hierher holen konnte. Dann kämen Betten und Möbel hinein. Ob seine Frau mitkäme? Warum eigentlich nicht? Mit seinem Geld könnte er seinen Schwiegereltern viele Geschenke kaufen, sich entschuldigen – und alles wäre abgeschlossen. Ndongo hing lange diesen Gedanken nach, ehe er einschlief.

Während der kurzen Mittagspause am nächsten Tag wollte er mit seinen Kollegen darüber sprechen. Entsetzt beobachtete er, wie einer von ihnen zu lachen anfing und sich über ihn lustig machte: »Denkst du wirklich noch an deine Frau?«

»Warum sollte ich nicht?«, entgegnete Ndongo verärgert.

»Höre zu, mein Freund: Die Frauen warten heutzutage nicht mehr auf ihre Männer. Mein Rat ist: Frag dich nie wieder, was aus ihr geworden ist. Sie ist nicht mehr deine Frau und wird es nie wieder sein wollen. Sicher hat sie inzwischen wieder geheiratet.«

Die anderen sagten zwar nichts, aber sie schienen der gleichen Meinung zu sein wie ihr älterer Kollege. Er bekräftigte es: »Ich spreche aus Erfahrung. Die Frau, die ich einst heiratete, war nach zwei Wochen verschwunden, zwei Wochen, die ich hier in Awolo auf der Suche nach Arbeit verbracht hatte. Damals war ich Koch bei einem Generalsekretär geworden, eine viel anständigere Arbeit als das hier. Ich ging also ins Dorf zurück, um meine Frau zu holen, wie wir es abgemacht hatten. Aber sie war und blieb verschwunden – wie Wasser in der Erde verschwindet. Weder in meiner Familie noch in ihrer konnte man mir sagen, wo sie hingegangen war, obwohl ich eine Woche lang suchte. Das einzige Resultat war, daß ich gleich wieder entlassen wurde, weil ich meinem Arbeitsplatz acht Tage lang ferngeblieben war – eine schöne Bescherung nicht?

Ich fand aber die gute Frau zwei Jahre später, als ich die Hoffnung, sie wiederzusehen, längst aufgegeben hatte. Zufällig traf ich sie hier in Awolo am Hauptmarkt. Sie war mit ihrem Mann zusammen. Was sagst du nun, lieber Ndongo? Es ist eine demütigende Erfahrung, die ich dir ersparen will. Es ist deine Sache, ob du deine Frau holen willst oder nicht. Ich würde es nie wieder tun.«

Einige Tage standen solche persönlichen Fragen im Mittelpunkt ihrer Gespräche. Jeder wollte allzugern aus seinem Leben erzählen, was ihn bedrückte. Durch solche Gespräche fühlten sie sich

untereinander stark verbunden, und sie mischten sich nicht unter jene, die vor ihnen am Bahnhof gearbeitet hatten.
Jolie war zur Stelle an dem Tag, an dem Ndongo seinen ersten Monatslohn bekommen hatte. Er war selber überrascht, als sie vor seiner Tür stand. Sie erklärte ihm nicht, woher sie wußte, wo er wohnte. Aber sie brachte ihm eine Schüssel voll Fleisch, zwei Stangenbrote und eine Dose mit Ernußmus.
Im Zimmer drinnen zeigte sie sich entsetzt über die Leere. »Ich glaube, ich muß auch hier die Sache in die Hand nehmen. Du gibst mir sofort Geld, damit ich dir morgen ein Bett und einen Stuhl kaufe. Wie kann man nur so leben?«
Ndongo überlegte nicht lange; er gab ihr genug für diese Anschaffungen, und am nächsten Abend war er begeistert, als er von der Arbeit in sein Zimmer zurückkam; Jolie hatte das Bett bereits bezogen und saß wartend auf dem neuen Stuhl.
»Ich will mit dir reden, damit du weißt, wie du mit deinem Geld am besten durch den Monat kommst«, erklärte die Schwester ihm. »So wie gestern bringe ich dir jede Woche etwas Essen; dafür zahlst du mir etwas. Für dein Zimmer und deine Sachen mußt du selber sorgen. Aber denke auch an die, die dir diese Arbeit vermittelt haben: Am besten, du kaufst jeden Monat für die Frauen etwas ein, Fleisch, Fisch, Bananen, und dazu gelegentlich eine Flasche Hochprozentiges für die beiden Männer. Du bist ihnen verpflichtet; man hilft hier nicht umsonst. Welche Ausgaben wirst du sonst noch haben? Sag es mir, dann können wir bestimmen, wieviel ich für dich sparen werde.«
»Ich habe nichts sonst zu zahlen – außer der Miete«, antwortete Ndongo.
»Du denkst doch wohl nicht daran, deine Frau zu holen oder ihr etwas zu schicken«, fragte Jolie.
»Nein ... ich ... ich denke nicht mehr ...«
Die Abende verbrachte er, oft mit zwei Kollegen, die in seinem Viertel wohnten, nun in der nahe gelegenen »Salomé Bar«. Sie tranken, redeten, tanzten. Es wurde Abend für Abend länger, sie tranken immer mehr; das Geld wurde knapper. Die Gespräche am Arbeitsplatz drehten sich um die Erlebnisse am Vorabend in

der Bar oder mit einer Frau. Und trotz niedriger Löhne empfanden sie etwas wie Freude und Zufriedenheit, und Ndongo seufzte gelegentlich: »Ach, ist das Leben schön!«

Mit der Zeit fand Ndongo, daß seine Schwester ihm nicht oft genug das Essen brachte und daß zu wenig Geld blieb für die »Salomé Bar«. Aber da Jolie regelmäßig erschien, bekam sie regelmäßig etwas – nur nicht so viel, wie sie verlangte. Sie blieb für Ndongo die große Schwester, der er sein Geld geben mußte. Nichts zu geben wäre schofel gewesen. Er verpaßte auch nie, seinen Wohltätern etwas zu bringen, wenigstens so viel, wie seine Schwester ihm gesagt hatte. Was ihm blieb, reichte für ein paar stimmungsvolle Abende.

Dies war Ndongos Leben in Awolo, und er fand es schön und gut. Das Dorf, die Mutter, die Frau gerieten immer mehr in Vergessenheit. Er heiratete nicht noch einmal und hatte keine Freundin. Daß ihm etwas fehlte, merkte er immer erst, wenn er nicht mehr Geld genug für die Abende in der Bar hatte oder wenn seine Freunde weg waren.

Ndongos Mutter hörte über Jahre hinweg nicht auf, nach ihm zu fragen, so oft sie hörte, daß jemand aus Awolo kam. Um so jemanden sprechen zu können, lief sie weite Strecken. Doch sie bekam keine Nachricht über ihn. Nicht jeder konnte Ndongo gesehen haben. Die Mutter lebte in der Erwartung des Tages, an dem er selbst erscheinen würde.

Ndongo aber kam nie zurück.

Die dritte Schwester

Als der Hahn krähte, war Martha schon aufgestanden. Es hatte in der Nacht geregnet, das war nicht eben gut für ihr Vorhaben. Umso früher, meinte sie, müßten sie losfahren. Nach einem Regen waren die ersten zwanzig Kilometer auf der Lehmstraße für jedes Auto problematisch. Und die voll beladene »Camionette« würde sicher noch mehr Schwierigkeiten haben als sonst.
Martha fragte ihren Mann, ob er wenigstens diese schwierige Strecke mitführe, um helfen zu können, wenn der Lieferwagen im Lehm stecken bleiben sollte. Allein mit dem Lehrer würde sie ihn nicht aus dem Schlamm herauskriegen.
»Und wie sollte ich zurückkommen?« fragte ihr Mann. »Es ist doch viel leichter, wenn ihr dort, wo ihr stecken bleibt, jemanden ruft; jeder ist dann doch bereit, schieben zu helfen.«
Damit war klar, daß er sich nicht bewegen lassen würde. So blieb ihr und dem Lehrer die Fahrt auf der schweren Strecke überlassen.
Der Lehrer leitete die Dorfschule. Seine in der ganzen Gegend bekannte »Camionette« war ein Transporter Peugeot 404. Den konnte mieten, wer immer ihn brauchte. Samstags fuhr er zur kleinen Nachbarstadt Elumu; er war das einzige »öffentliche Verkehrsmittel«, und dazu pflegte der Lehrer zu sagen: »Ich kann meinen Lebensunterhalt nicht anders verdienen, denn mit meinem Lehrergehalt bin ich schlechter dran als jeder Bauer.«
Das glaubte ihm zwar keiner; aber alle im Dorf waren froh über diese Fahrt- und Transportmöglichkeit. So regte sich auch niemand auf, wenn ein Schultag ausfiel, weil der Lehrer wieder einmal auf einer Fahrt war.
An diesem Donnerstag wollte nun Martha mit ihm in die große Stadt Ndé fahren. Solche Fahrten unternahm sie zweimal oder dreimal im Jahr. Von ihren Feldern schleppte sie so viele Kochbananen heran, wie sie nur konnte; von anderen Frauen im Dorf kaufte sie noch Bananen dazu, nahm etwas Gemüse mit und verkaufte das alles in Ndé. Wer das einmal miterlebt hatte, konnte

nicht genug davon erzählen, wie gut sich dort alles verkaufen ließe. »Wie froh wäre ich, wenn ich größere Felder hätte!«, sagte sie immer, wenn sie von ihren Erfolgen erzählte. Sie hatte eben nur ihre bescheidenen Feldstücke, die sie immer mehr zu reinen Bananen-Plantagen verwandelte. Darin unterschied sie sich von den Frauen im Dorf, die alles mögliche Gemüse auf ihren Feldern pflanzten.

Die Fahrten nach Ndé waren für Martha außerdem eine Gelegenheit, ihre Schwester dort zu besuchen; deren Mann hatte eine Anstellung in der Stadt. Und darum drängte es Martha aufzubrechen; sie ging zum Lehrer und weckte ihn. Er stand nicht gern auf und meinte, die Fahrt müsse wegen des Regens aufgeschoben werden. Er drohte, wegen der unmöglichen Fahrtbedingungen mehr Geld als sonst von Martha zu verlangen. Aber Martha ließ sich nicht abschrecken. Sie hatte diese Fahrt geplant, schon lange, und für genau diesen Tag. Obgleich, wenn sie den Lieferwagen anschaute, sie selbst zweifelte, ob das gut gehen könnte; er war am Vortag bereits beladen und mit einer Plane abgedeckt worden. Der Berg Bananen drückte das Vehikel, als könnte es gar nicht mehr fahren. Aber Martha wie der Lehrer wußten, was die Camionette schon alles geschafft hatte. Endlich fuhren sie los.

Für die ersten zwanzig Kilometer im Lehm brauchten sie eine Stunde. Aber sie blieben kein einziges Mal stecken, und dann hatten sie nur noch 110 Kilometer geteerte Straße vor sich.

Es war noch immer nicht ganz hell, als sie in Ndé ankamen. Sie fuhren zuerst durch schwach beleuchtete Viertel. Überall standen Frauen am Straßenrand. Sie warteten auf solche Wagen, die Güter aus dem Hinterland brachten. Durch große Bewegungen versuchten sie, die Autos anzuhalten. Fuhren sie langsam, rannten die Frauen nebenher und stürzten sich fast auf den Inhalt; kaum daß ein Wagen zum Stehen kam, zogen sie die begehrten Güter nach allen Seiten und fragten erst, wenn sie sich eingedeckt hatten, nach dem Preis.

»Wann schlafen die denn?« fragte Martha. »Man hat ja den Eindruck, als hätten sie die ganze Nacht an der Straße gestanden.«

»Diese großen Städte schlafen nie«, erklärte der Lehrer. »Nur wir im Dorf legen so viel Wert auf den Schlaf; deshalb sind wir auch so weit zurück in der Entwicklung.«
Seine Bewunderung für die Stadt Ndé war im Dorf bekannt. Am Ende jedes Schuljahres sagte er, daß er das kommende Jahr sicher in Ndé leben würde. Dreimal hatten sie ihn im Dorf deshalb schon feierlich mit vielen Geschenken verabschiedet; jetzt nahm niemand mehr das Gerede ernst.
Je weiter sie in die Stadt hineinfuhren, umso unsicherer wurde der Lehrer in seiner Fahrweise. Der Morgenverkehr wurde immer intensiver. Links, rechts und hinter seinem Wagen wurde fast ununterbrochen gehupt. »Diese Dorfleute!« bekam er öfter zu hören. Das machte ihn noch unsicherer. Trotzdem gelangten sie ohne ernsten Zwischenfall zu ihrem Ziel, beinahe am anderen Ende der Stadt, zum »petit marché« des Viertels Bili.
Auch hier wurden sie von einer Menge wartender Frauen überfallen. Martha mußte sich wehren. Als sie sich weigerte, die Plane herunterzunehmen, taten es die Frauen selbst. Martha versuchte noch, sich mit ausgebreiteten Armen vor ihre Ladung zu stellen, doch die Bananen flogen über ihren Kopf, unter ihren Armen durch – schon war der Wagen leer. »Ihr werdet ja immer schlimmer! Wie kann man nur so gierig sein, ihr Raubtiere! Geier! Wehe euch, es geht nur eine Banane verloren oder bleibt unbezahlt!«
Während dieses Tumultes blieb der Lehrer am Steuer sitzen. Ihn ging das nichts an, meinte er. Die Frauen amüsierten sich über die »Dorffrau, die eine Verrückte spielt«. Schließlich sagte eine auffallend junge Frau zu ihr: »Laß uns doch erst bezahlen. Du kannst dann weiterreden, so lange es dir gefällt.«
Jetzt fühlte sich Martha wirklich verletzt. »Lege meine Bananen wieder in den Wagen!« forderte sie die Frau auf. »Du hältst mich für dumm, weil ich vom Land komme, nicht wahr? Denkst du, du bist etwas besseres? Ich verzichte auf dein Geld! Lieber esse ich meine Bananen selber, als dein schmutziges Geld zu nehmen. Dein nachts verdientes Geld will ich nicht haben. Lege meine Bananen wieder auf den Wagen!«

In unerwarteter Ruhe legte die junge Frau das Bananenbüschel in den Wagen zurück und verschwand. Martha kassierte von den anderen Frauen und setzte sich erschöpft in die Camionette hinein. Der Lehrer bemerkte: »Das war aber übertrieben scharf, wie du mit der Frau gesprochen hast.« – »Du, du bist doch kein Mann ...« – »Ich bin nicht dein Mann, müßte es heißen.« – »Aber mein Mann hätte mir auch nicht geholfen ...«, flüsterte sie.

Es war allmählich Tag geworden. Martha hatte ein gutes Geschäft gemacht, der Lehrer auch. Jeder wollte noch einige Einkäufe erledigen. Martha kaufte sich unter anderem ein Kleid, für ihre sechs Kinder Schulhefte, eine Machete für ihren Mann. Das alles konnte sie im Laden gleich neben dem »petit marché« erwerben. Dann wartete sie am Auto auf die Rückkehr des Lehrers; ihre Schwester wohnte zwar hier in Bili, und sie hätte gleich zu ihr gehen können; aber sie hatte im Fahrerraum ein Büschel Bananen für sie versteckt. Als er kam, nahm sie es heraus; seinen Vorschlag, sie zur Schwester zu chauffieren, lehnte sie ab, und er fuhr zurück.

Das Wiedersehen der beiden Schwestern war jedes Mal eine besondere Freude. Bella wohnte schon seit sieben Jahren in Ndé. Ihr Mann arbeitete am Bahnhof. Er trug sogar eine Uniform, wie ein Polizist. Martha wußte nicht genau, was er dort machte. Das spielte auch keine Rolle, für sie nicht und nicht für die Familie.

Die Wohnung der Familie lag etwas versteckt in Bili. Wenn man die Straße verlassen hatte, mußte man einen kleinen Weg zwischen Holz-, Blech- und Lehm-Baracken gehen. Dabei mußte man genau aufpassen, daß man nicht an einen Kochtopf stieß – gekocht wurde meist auf dem Weg vor den engen Baracken, aus Platzmangel im Inneren. Auf diesem Weg ging man von Haustür zu Haustür; wer nicht fremd war, konnte an jedem Haus eine kurze Unterhaltung führen, ein Grußwort durch die Türe sagen. Jeder kannte jeden, alle sprachen Tubulu; es war sozusagen ein Tubulu-Viertel. Martha hatte jedes Mal Schwierigkeiten, das Haus ihrer Schwester zu finden; aber sie brauchte nur zu fragen, wo Bella wohnte, und man wies ihr den Weg.

Bella konnte sich nicht genug über solche Besuche freuen. Sie hatte nur selten ihre Schwester im Dorf besucht; etwas öfters, jeweils zur Geburt ihrer vier Kinder, war sie zu ihrer Mutter in ihr Heimatdorf gereist. Dort wohnten auch ihre fünf Brüder. Marthas Besuch ließ also die ganze Familie gegenwärtig werden; Martha erzählte mit großer Genauigkeit alles. Bella freute sich über all das, was ihre Schwester jeweils mitbrachte; mit dem knappen Gehalt ihres Mannes mußte die Familie bescheiden leben. Das Bananenbüschel von Martha bedeutete, zwei Wochen keine Bananen kaufen zu müssen.

Auch Bella erzählte gern. Sie erzählte von Christina, einer jungen Frau, deren Mann vermutlich besser verdiente. Sie war ihr eine große Hilfe, wenn es nicht weiterzugehen schien; sie war immer bereit, Bella etwas Geld zu leihen oder für beide Familien aus ihrer Tasche einzukaufen. »Weißt du, Christina ist für mich wie eine Schwester geworden«, sagte sie zu Martha. Und Martha antwortete: »So findet man bei euch noch richtige warme Herzen, während es bei uns im Dorf immer schlimmer wird. Jeder lebt nur noch für sich allein.«

»Verstehst du«, sagte Bella, »daß ich mich auch heute, wenn ich die Wahl hätte, für die Stadt entscheiden würde? Wir sind hier eine echte Familie.«

»Ich habe darüber auch oft nachgedacht«, sagte Martha. – »Und warum kommst du nicht?« fragte ihre Schwester. »Das hast du mich jedes Mal gefragt. Aber ich finde immer, wenn ich ins Dorf zurückkehre, daß ich dorthin gehöre, nicht hierher. Meinst du, Schwester, daß wir weniger miteinander verbunden sind, weil du in der Stadt wohnst und ich auf dem Land?« – »Keineswegs!« rief Bella. »Im Gegenteil! Ich finde es einfach schön, wenn du da bist. Du weißt gar nicht, wie ich dann immer weine, wenn du wieder wegfährst.«

»Und mir geht es genauso«, schloß Martha.

Es war still in der Baracke. Bella schälte Kochbananen. Das Rindfleisch hatte sie auf dem Petroleumkocher vor die Tür gestellt. Martha unterbrach das Schweigen: »Schwester Bella ...« Aber in diesem Augenblick kam ein Ruf von draußen: »Schwester, bist du da? Kommst du mal raus? Ich bin so schwer beladen.«

»Das ist Christina«, sagte Bella zu Martha. Sie war stolz, daß sie der Schwester die Vertraute einmal zeigen konnte. Christina stand draußen auf dem Weg, an jeder Hand eine schwere Tasche. Sie hatte Holzspäne geholt für ihren Kocher. »Ich habe Besuch«, sagte Bella; »komm doch kurz herein und begrüße meine Schwester!«

»Selbstverständlich komme ich. Deine Schwester ist ja doch auch meine Schwester.« Sie betrat die Baracke. Dann sah sie Martha. Wie angewurzelt stand sie da. Fassungslos. Sie schlug die Hände zusammen, dann legte sie eine Hand auf den Mund. Das konnte sie nicht begreifen: Vor ihr saß die Dorffrau vom »petit marché«.

Auch Martha hatte gleich erkannt, wer vor ihr stand. Nur Bella verstand das Ganze überhaupt nicht. Noch weniger, als Christina in Tränen ausbrach. »Was ist los mit euch?« fragte sie ratlos. »Kennt ihr euch schon? Woher denn?«

»Frage doch sie!« schrie Christina und zeigte auf Martha. Die aber hatte die junge Frau ununterbrochen angestarrt. Jetzt senkte sie ihren Blick zum Boden wie ein Kind, das etwas angestellt hat. »Ich habe nicht gewußt...«, sagte sie leise.

»Sagt doch endlich, worum es geht!« rief Bella. »Schwester, ich kann es dir nicht sagen. Ich kann es nicht, nein...« Weinend ging Christina nach draußen. »Vor allen Leuten am Marktplatz...«, hörte man sie noch klagen, ehe sie verschwand.

»Du bist meine jüngere Schwester. Ich kann mich nicht vor dir bloßstellen«, sagte Martha zu Bella. »Erwarte also nicht von mir, daß ich dir erkläre, worum es ging, und vor allem, was mein Teil daran war.« – »Aber ich muß doch wenigstens wissen, wo ich zwischen euch stehe. Oder bin ich jetzt eine dumme Ziege, die ihr herumführt, wo es euch gefällt? Wenn meine zwei Schwestern ein Problem haben, sollte ich dann nicht den Versuch machen, sie zu versöhnen? Aber wie sollte ich das anfangen, wenn ich nicht einmal weiß, was euch trennt? Sag mir doch, Martha, was würdest du...«

»Ich denke, es ist besser, ich fahre sofort wieder in das Dorf, mit der nächsten Gelegenheit.« Nachdenklich hatte Martha dies gesagt, so, als habe sie die ganze Zeit nicht zugehört, was Bella sagte.
»Das ist doch nicht dein Ernst?« protestierte Bella. Da fing Martha plötzlich an, sie anzuschreien: »Weißt du vielleicht etwas Besseres? Verstehst du nicht, daß ich mich hier mit Schande bedeckt habe? Und was bist du schon, um hier große Versöhnungsversuche zu unternehmen? Schenkt euch die Stadt so viel mehr Weisheit als uns Leuten vom Land? Nein, Bella, ich will dich nicht von deiner Schwester trennen; darum ist es besser, ich verschwinde hier, ehe das alles noch schlimmer wird.« Auch Martha hatte Tränen in den Augen.
»Ja«, flüsterte Bella, »dann laß es so sein. Aber warte bitte noch einen Augenblick. Ich bin gleich wieder da.«
Bella kam nach einer halben Stunde wieder. »Hat sie es dir gesagt?« fragte Martha. »Ja, das hat sie.« – »Und was meinst du nun?« fragte Martha weiter. »Christina hat gesagt, sie will nicht zwischen dir und mir sein. Ich sollte zu dir gehen.«
»Und wie geht es zwischen euch weiter?«
»Sie ist sehr tief verletzt worden, hat sie gesagt.«
Drückende Stille herrschte in der Baracke. Martha war es, die sie wieder brach: »Ich habe es nicht so gemeint. Das werdet ihr euch denken können. Das hat sich so aus der ganzen Situation ergeben. Ich denke, ich habe mit meinen Worten etwas Schlimmes angerichtet, das tut mir sehr leid. Ich denke wie Christina: Ich möchte nicht zwischen euch stehen. Ich möchte euer Verhältnis nicht beeinträchtigen. Das ist nun geschehen. Mir fällt nichts anderes ein, was ich tun kann, als nach Hause zu fahren.«
Bella sagte nichts mehr. Martha stand auf, nahm ihre Tüten und ging fort. Mit einem Taxi fuhr sie zum »Stationement«, dem Busbahnhof der Stadt, von dem zahlreiche kleine Busse in die verschiedensten Städte fuhren.
Es war zwölf, als Martha dort ankam. Der Minibus nach Lumu war leicht zu erkennen, mit der Inschrift vorn und auf allen Seiten »Bravo car«. Aber sie sah auch, daß der »Bravo« schon voll

war. Bei diesem scheinbar hoffnungslosen Anblick überlegte sie, ob es nicht doch besser wäre, noch zu bleiben, mit ihrer Schwester und deren Schwester zu reden und erst am nächsten Tag zu fahren. Aber jetzt in der Mittagszeit kam ihr Schwager nach Hause. Er würde sich die Geschichte anhören, und sie würde sterben vor Schande. Oder sie schweigen darüber – auf jeden Fall wäre die Atmosphäre verdorben. Wird ihr Schwager ihr verzeihen, daß sie diese wichtige Beziehung zwischen Bella und Christina zerstört hatte? Und wie sollte sie sich den Kindern gegenüber verhalten, die von der Schule heimkämen?

Martha stand neben dem Minibus, in ihre Gedanken versunken. Sie hörte nicht einmal die Stimme einer anderen Frau, die sie anscheinend erkannt hatte und aus dem Bus rief: »Sélé-Frau! Sélé-Frau!« (Sélé hieß der Klan ihres Mannes.) Martha reagierte erst, als der Busfahrer sie fragte, ob sie mitfahren wollte. »Es ist doch kein Platz mehr frei!« sagte sie. – »Meine Frage hieß wohl, ob du fahren willst, und nicht, wieviele Plätze noch frei sind«, entgegnete der Fahrer.

»Freilich will ich mitfahren. Sonst stünde ich nicht hier.« – »Also steig ein. Wir fahren gleich.« Es war nicht erkennbar, wo sie einen Platz finden sollte. Einige, die im Bus saßen, murrten: »Ist das denn möglich? Wir sind schon enger aneinandergepackt als Sardinen in einer Dose. Werden wir je lebend in Lumu ankommen?« Andere plädierten für mehr Verständnis – es gebe doch keinen Grund, dieser Frau die Mitfahrt zu verweigern. Irgendwie gelang es Martha, halb sitzend und halb hängend, einen Platz zu finden. Eine Stunde später fuhr der Bus ab. Gegen Abend war Martha zuhause im Dorf und nicht in der Stadt Ndé.

An diesem Tag hatte Marthas Mann eine große Antilope von seinen Fallen mitgebracht. Zerlegt hatte er sie auch schon. »Dann brauche ich ja nur zu kochen«, sagte Martha, zufrieden mit der Leistung ihres Mannes. »Ich habe heute nicht einmal daran gedacht, wie sonst Rindfleisch zu kaufen. Irgendetwas sagte mir, ich brauchte es nicht zu tun«, erklärte sie ihm. Dann verteilte sie das gekaufte Brot an die Kinder. Eine Brotstange bekam auch ihre Schwiegermutter, die nebenan wohnte. Dies rief große Freude hervor. Man kam hier im Dorf nicht alle Tage an solches Brot; selbst in der kleinen Stadt Lumu gab es erst am Samstag Brot. Das Stangenweißbrot wurde aus einer der Bezirksstädte nach Lumu gebracht, fünfzig oder gar siebzig Kilometer weit. So war dies Weißbrot eine sehr begehrte Ware. Und dies Brot aus Ndé, der großen Stadt, war noch etwas Besonderes. Es war außergewöhnlich groß und dick. Es wurde mit Sparsamkeit verzehrt und sorgfältig aufbewahrt. Weder Katze noch Ameisen, noch Hauskäfer durften das Versteck finden.

Martha machte sich ans Kochen. Die wertvolle Beute ihres Mannes sollte ihre Kochkunst in den Mittelpunkt der Familie stellen für diesen Abend. Die fünf Brüder ihres Mannes mit ihren Familien würden das Abendessen gemeinsam mit ihnen einnehmen, dazu die zwei noch lebenden Onkels mit ihrem Anhang. Das war die »Familie« hier im Dorf. Jede Frau brachte selbstverständlich mit, was sie für diesen Abend für ihr Haus gekocht hatte. Im Mittelpunkt aber stand die Antilope.

Martha verstand etwas davon, solches Fleisch gut zuzubereiten. Die Männer brachten Palmwein und Schnaps mit – so teilte man miteinander im Dorf, wenn etwas Gutes zu essen da war. Und so war eigentlich das ganze Leben hier. Alles, was gut und schön war, erlebten alle miteinander; auch alles, was traurig und bitter war, wurde in gleicher Weise miteinander erlebt.

Früher fanden solche Abende nicht in irgendeinem Familienhaus statt; es gab dafür ein gemeinsames Haus, mitten im Dorf, wo sich jeden Abend alle Familienangehörigen zum Essen und zur Unterhaltung um ein Holzfeuer versammelt hatten. Marthas Schwiegervater hatte so ein »Aba« für die Familie erhalten; nach seinem Tod war aber niemand mehr bereit, diese Tradition weiter zu pflegen. Marthas Mann, von seiner Frau darauf angesprochen, war nicht dazu zu bewegen, und Martha bedauerte, daß der geliebte Brauch ausgestorben war. »Weißt du, was das bedeutet?« fragte sie ihren Mann. »Wir sprechen dann immer weniger miteinander. Du erfährst immer weniger von deinen Brüdern und ihren Familien und ihren Sorgen. Und wenn keiner mehr erfährt, was den andern bewegt, bricht die Verbundenheit auseinander. Willst du, daß es so weit kommt? Und denkst du, daß dein Vater dies gern sieht?«

Die einzige Reaktion ihres Mannes war gewesen: »Du bist nicht hier, um den Willen meines Vaters fortzusetzen noch um die Familie zusammenzuhalten.«

Die Jahre hatten Martha recht gegeben. Nach einigen Jahren hieß es, daß jeder Bruder nun sein Feld mit seiner Frau allein vorbereitet; früher war es eine gemeinsame Arbeit der Brüder gewesen, die dann das vorbereitete Feld nur unter die Frauen aufteilten. Sogar Streit entstand, als zwei Brüder dieselbe Stelle im Wald für ihr neues Feld beanspruchten. Solche Probleme traten immer häufiger auf, trennten die Brüder voneinander und entfernten Martha von ihrem Mann. Denn sie fühlte sich im Recht und warf ihrem Mann vor, nichts gegen diese Entwicklung zu unternehmen.

Das war der Grund, weshalb der Antilopenabend zu einer solchen festlichen Zusammenkunft der ganzen Familie wurde. Die Freude war auf allen Seiten groß. Aber Martha wußte, daß es bessere Zeiten für die Dorfgemeinschaft gegeben hatte; sie hatte ihrer Schwester gesagt, daß es im Dorf immer schlimmer würde. Trotzdem, ihre Probleme besprach sie lieber hier im Dorf. Hier fühlte sie sich richtig daheim.

Der Alltag kehrte zurück. Martha war beunruhigt, wenn sie an ihre Schwester in Ndé dachte, aber sie wollte hier nicht darüber sprechen. Auch mit ihrer Schwester konnte sie nicht noch einmal sprechen. Dazu war die Entfernung zu groß. Und so einfach nach Ndé fahren konnte sie auch nicht. Immerhin, sie wußte jetzt, was sie ihrer Schwester sagen würde. Wenn sie wieder nach Ndé führe, würde sie einen Hahn mitnehmen und natürlich ein Büschel Bananen, vielleicht sogar einen Korb Erdnüsse. Sie würde zu ihrer Schwester gehen und sie bitten, Christina zu sich einzuladen, ohne ihr zu sagen, wer auf sie wartet. Wenn dann Christina käme, würde sie sagen: »Diese Verhandlung hätte ich lieber im Dorf erlebt. Aber ich weiß, keine von euch wäre gekommen. So bin nun ich, die älteste von uns, gekommen. Hier bin ich eigentlich dein Gast, Christina. Ich möchte dich um Verzeihung bitten. Damit du siehst, wie ich es meine, habe ich dir ein paar Sachen mitgebracht. Nimm sie an, liebe Schwester, und verzeihe mir, daß ich dich öffentlich beleidigt habe. Daß du es nicht vergessen kannst, verstehe ich. Aber man sagt bei uns ›Wo ein Feindschaftsbaum wächst, fällt kein Regen mehr‹. Wegen meines Fehlers sollten wir nicht in Trockenheit leben. Lassen wir es wieder zwischen uns regnen ...«

Martha ließ sich diese Sätze immer wieder durch den Kopf gehen. Aber das Entscheidende, zuerst einmal nach Ndé zu fahren, gerade das schaffte sie nicht, jedenfalls nicht in absehbarer Zeit.

Eines Samstags war sie nach Lumu gefahren, wie sie es öfter tat. Sie nahm zwei Bananenbüschel mit, einen Gnamskorb und Taro und verkaufte das dort. In Lumu war Samstag der Hauptmarkttag; es gab Rindfleisch, Brot und Fisch; junge Leute konnten auch tanzen gehen – die zwei »Dancing Bars« luden abwechselnd dazu ein. So war die Jugend aus weitem Umkreis am Samstag im Lumu. Vom Nachmittag bis zum nächsten Morgen tanzten sie, und die Auswahl der Schallplatten reichte von amerikanischen Popsängern bis zu afrikanischen Sakubas ähnlicher Art.

Martha war auf dem Markt. Ihre Waren hatte sie verkauft. Eigentlich wollte sie sich zwei Töpfe kaufen; sie suchte in zwei Läden und fand das richtige nicht. Sie hatte keine Lust, weiter zu suchen. »Es war, als wenn mich etwas nach Hause trieb«, sagte sie später. Sie machte sich auf den Weg ins Dorf mit geräuchertem Fisch für sich und ihre Schwiegermutter. Zum Glück kam die Camionette bald. Mittags war sie zuhause.

Die Sonne stand hoch, also konnte sie noch gut aufs Feld gehen, Kochbananen und Gemüse holen, und auch das Holz reichte nicht mehr ganz. Ihre älteste Tochter, dreizehn, begleitete sie. Drei Viertelstunden brauchte man bis zum Feld. Martha hatte gerade ihre Körbe gefüllt und war dabei, einen ihrer Tochter auf den Rücken zu setzen, als sie die Holztrommel ihres Mannes hörte. Sie verstand sofort, daß die Nachricht für sie bestimmt war: Kung-gungulu – Martha – Kung-gungulu – Martha –

Kung-gungulu – komm wieder, dein Haus ist voller Leute – Kung-gungulu – komme gleich – Kung-gungulu.«
Als Martha zu ihrem Kochhaus kam, dachte sie, sie träumte. Bella stand da mit ausgebreiteten Armen, Christina saß auf einem Bambusbett, und die beiden Frauen sahen sie lachend an. Diesmal stand Martha wie angewurzelt in der Tür. Den Korb auf dem Rücken, sah sie diese unerwarteten Gäste mit offenem Mund an. Ihr Staunen konnte keinem entgehen.
Bella sagte: »Stell doch wenigstens den Korb ab!« Das tat sie auch. Aber sie begriff noch immer nichts, auch nicht, als Bella sie umarmte, noch weniger, als Christina das Gleiche tat. »Wo kommt ihr denn her?« fragte sie leise, während sie auf einem anderen Bett Platz nahm.
Bella strahlte vor Freude und hörte nicht auf zu lachen. Christina war etwas zurückhaltender. Trotzdem sah man ihr an, daß sie sich freute, bei Martha zu sein. »Ist das so schwer zu begreifen, Martha? Wir sind hier, um dich zu besuchen«, sagte Bella.
Allmählich fing Martha zu lächeln an. »Laßt euch von meinem Staunen nicht überraschen. Es ist mir alles wie ein Traum. Ihr könnt euch nicht vorstellen, wie oft ich alle Tage an euch denke ... Du, Christina, wie ist es möglich, daß du mich besuchst?«
Die junge Frau zuckte mit den Schultern und lächelte, ohne ein Wort zu sagen. Doch was sie dachte, war deutlich genug: Sie war Martha nicht mehr böse. Das half auch Martha besser, zu sich zu kommen. Jetzt konnte sie richtig frei lachen. »Ihr wart es also, die mich heute von der Stadt weggelockt haben? Ich konnte keinen Augenblick länger in Lumu bleiben. Es war, als wenn mich etwas nach Hause trieb.«
Martha ließ die Kinder zwei Hähne fangen. Das Gemüse, das sie vom Feld geholt hatte, gab sie ihrer Schwiegermutter; einen Teil wollte Bella selber kochen. Auch der geräucherte Fisch wurde gekocht. Die Kinder, ihr Mann, alle sollten etwas Gutes essen. Das Ehrengericht aber, die Hähne, bekamen nur die zwei Gäste.
Am Sonntag gingen sie gemeinsam in die Kirche. Martha hatte in der evangelischen Dorfkirche Aufgaben; sie war eine der vier Frauen, die sich um die Ordnung in der Kirche kümmerten, die

Türen auf- und zuschlossen, Kinder beruhigten oder einen Hund hinausjagten und das Geld im Gottesdienst einsammelten.
Es war also selbstverständlich, daß Martha in die Kirche ging. Sie erfüllte ihre Aufgaben dort mit Stolz und Freude. Sie genoß in der Kirchengemeinde viel Achtung. Entsprechend aufmerksam wurden auch die beiden Gäste behandelt. Nach dem Gottesdienst, als man sich wie gewöhnlich vor der Kirche traf, begrüßten alle Frauen die zwei Besucher aus Ndé herzlich. Viele begleiteten sie nach Hause und wollten sich noch mit ihnen unterhalten. »Wie lange bleibt ihr denn?« – »Morgen fahren wir wieder zurück«, antwortete Bella. Erstaunt fragten die Frauen: »Kaum angekommen, wollt ihr schon wieder gehen?« Folglich kamen am Nachmittag viele Frauen noch einmal; jede brachte etwas mit: ein Körbchen Erdnüsse, Bananen, Yams, Taros, und alle entschuldigten sich, daß sie nur so wenig geben konnten wegen der Kürze der Zeit und weil sie ja erst am Montag wieder auf die Felder kämen. »Ihr überrascht uns – und gebt uns nicht einmal die Möglichkeit, euch so zu behandeln, wie ihr's verdient«, sagten sie.
Bella und Christina staunten über die Freundlichkeit, die sie hier erfuhren. »Ich habe in unserem Heimatdorf nie solche Herzlichkeit erlebt«, sagte Bella. »Deine Schwester ist eine angesehene Persönlichkeit hier«, erklärte Christina.
Am nächsten Morgen verabschiedete sich Marthas Mann sehr früh; er ging in die Kakaoplantage, Unkraut zu jäten. Marthas Schwägerinnen und die Schwiegermutter kamen noch, nachdem sich auch die Brüder verabschiedet hatten.
Martha hatte alles für die Abreise vorbereitet. Bereits am Vorabend hatte sie mit dem Lehrer ausgemacht, daß er die beiden Frauen zur Teerstraße brächte, wo sie leichter einen Bus nach Ndé finden würden; zwei Hühner lagen aneinander festgebunden, ein Korb Erdnüsse stand bereit, und lange vor dem Tage hatte Martha, ohne daß ihre Gäste es bemerkten, vom Feld zwei große Büschel Bananen geholt.
Nun saßen die drei Frauen in Marthas Kochhaus. Der Abschied

drückte sie alle gleichermaßen. Als Martha anfangen wollte, etwas zu sagen, unterbrach Christina sie:
»Ich muß mich bei dir entschuldigen«, fing sie an. »Ich bat Bella deswegen, mich zu dir zu bringen. Ich war zu der Einsicht gekommen, daß du bei dem Zwischenfall am Markt nicht mich gemeint hattest, sondern eine junge Frau, die vor dir stand und dich belästigte. Diese junge Frau war zufällig ich, und das konntest du nicht wissen. Umgekehrt war es genauso. Du warst für mich irgendeine Dorffrau. Wir erleben uns so in der großen Stadt, weil wir dort alle namenlos füreinander sind. Wir bekommen erst einen Namen, wenn wir uns zu einer Gemeinschaft zusammensetzen. Denn nur in einer Gemeinschaft weiß jeder, wo er ist und was er ist. Jetzt habe ich dich in deiner Gemeinschaft kennengelernt, und ich gewann das Gefühl, daß du so groß bist, daß ich dich nie ganz kennenlernen werde. Mein Wunsch ist jetzt eigentlich, daß auch du mich in meiner bescheidenen Gemeinschaft kennenlernst. In Ndé würde ich dich gern als Gast bei mir haben. Ich hatte Angst, als wir kamen, daß du ein Geschenk von mir nicht annehmen würdest, deswegen habe ich nichts mitgebracht. Aber nimm etwas Geld von mir und kaufe dir, was dir Freude macht!«
»Ich brauche nicht nach Ndé zu kommen, um dich kennenzulernen. Es war genug, daß du hierher gekommen bist, ein großes Zeichen«, antwortete Martha. Sie wartete eine Weile, ehe sie fortfuhr: »Unsicherheit und Angst machen uns oft dumm, wenn wir in der Stadt sind. Wir sind dort noch viel weniger als namenlos. Wir verlieren unsere Sicherheit, unseren Schutz, wir verlieren alles, sobald wir in der Stadt sind. Es ist deshalb auch zu wenig, wenn du sagst, ich hätte in dir nur eine namenlose junge Frau gesehen. Ich habe in dir meinen Feind gesehen, warum sollte ich es nicht sagen?
Die Stadt ist unser Feind – und unser Leben wird immer abhängiger von diesem Feind. Aber wenn wir in eure Nähe kommen, finden auch unsere Sehnsüchte Ziele. So viel seid ihr für uns. Eure Nähe war seit diesem Zwischenfall für mich nicht mehr ein Stück Geborgenheit – weil ich es selbst zerstört hatte. Ich wußte

selber nicht einmal, daß ich einen Menschen auf diese Weise beleidigen könnte. Du bist es, die mir verzeihen muß. Es tut mir so leid, daß ich es zu dir gesagt habe.«
Martha konnte ihre Tränen nicht zurückhalten. Schließlich stand sie auf und umarmte Christina. Dabei sagte sie zu ihr: »Wir müssen Schwestern sein.«
Bella hatte ihnen zugesehen; dann stand sie auch auf und legte die Arme um die Schwestern.

Der Sohn des Pfarrers

I

Das Morgengebet, zu dem sich ungefähr zehn Leute jeden Morgen in der Kirche trafen, war beendet. Da entschied sich eine Frau, nach Simon, dem kranken Sohn des Pfarrers, zu schauen, und zwei andere schlossen sich ihr an.

Der zehnjährige Junge lag auf einem Bambusbett im Kochhaus neben dem Feuer, das die Frau des Pfarrers gerade schürte.

»Guten Morgen!« begrüßten alle drei die Pfarrfrau.

»Der Morgen sei gut für euch!«

»Was ist denn mit dem Kind?« begann eine Frau.

»Nun, ihr seht es ja. Es liegt seit einer ganzen Woche da, ohne zu essen, ohne zu trinken. Schlafen kann weder das Kind noch ich in der Nacht.«

»Wollt ihr es nicht ins Krankenhaus bringen?«, fragte die zweite Frau.

»Mein Mann hat gestern Tabletten und Spritzen von der Stadt mitgebracht. Die erste Spritze muß heute früh gegeben werden. Dann wollen wir die nächsten Tage beobachten. Wenn es nicht besser wird, werden wir nach anderen Möglichkeiten suchen. Der Verkäufer in der Apotheke hat meinem Mann gesagt, daß dies die neuesten Malariamittel seien und daß wir bald die Wirkung sehen werden. Sie seien sehr stark, und er empfehle uns die Erwachsenendosis.«

»Ist es denn Malaria?« fragte die dritte Frau.

»Genau wissen wir es nicht. Viele Leute sagen, daß Malaria auch auf diese Weise, die besonders gefährlich ist, kommt. Das nennen sie ›Darmmalaria‹. Das Ganze hat am vergangenen Sonntag angefangen: Nach dem Fußballspiel hier auf dem Hof vor der Kirche ist Simon ins Kochhaus gegangen. Ungefähr eine Stunde lang saß er dann auf diesem Bett, das neben der Tür steht, und sagte kein Wort. Ich kam zwei- oder dreimal herein und merkte, daß er immer in der gleichen Haltung saß. Ich fragte ihn, ob ihm nicht gut sei. Darauf antwortete er aber, er sei nur müde. Sie hatten ja auch so lange gespielt.

Am Abend jedoch wollte er nichts essen, und gleich fing er an zu brechen. ›Was ist denn los?‹ – ›Was ist dir passiert?‹ . . . Umsonst versuchten wir, die Ursache zu finden. Er hatte am Tag nichts anderes gegessen als das, was wir auch gegessen hatten. Auf den Gedanken hin, er habe vielleicht Magenwürmer, gab ich ihm zwei Löffel Sirup – ich habe einen sehr guten da. Aber bis jetzt hat sich kein einziger Wurm gezeigt, obwohl ich ihm das gleiche am nächsten Tag früh gab. Er fing auch nach dem Brechen an zu zittern; ihm war kalt, trotz des Feuers und der dicken Decke; der Kopf und der Bauch taten ihm weh.

Am Montag sagte uns jemand, es könnte Gelbsucht sein, und empfahl uns die konzentrierte Dosenmilch – mit dem Hinweis, ja nicht mit Spritzen anzufangen, denn Gelbsucht und Spritzen sind Feinde. Und ein Gelbsuchtkranker überlebt nicht, wenn er gespritzt worden ist. So standen wir zwischen so vielen Erklärungen, daß wir nicht mehr wissen konnten, was richtig ist. Jetzt haben auch einige Leute angefangen, von Vergiftung oder Verzauberung zu sprechen.

Gestern fragte ich meinen Mann, was denn er denke, wenn er die ganze Zeit nur zuschaut und nichts tut, und bat ihn, aus der Stadt etwas zu holen; denn das Kind wird nur immer schwächer. Seit Sonntag trifft seine Hand den Mund nicht mehr, schlafen tut es nur ein bißchen am Tag, und in der Nacht wachen alle Schmerzen auf.« Die Frau des Pfarrers sprach nicht weiter. Bei dem Gedanken, das einzige Kind, das sie hatten, könnte sterben – und dieser Gedanke kam ihr nun immer häufiger – konnte sie die Tränen nicht mehr zurückhalten. Um sie wurde es unheimlich still. Wie wenn sie ein gemeinsames Gefühl hätten, wurden die drei anderen Frauen in diesen Gedanken hineingezogen. Und die Angst packte sie alle. Leise verließen sie das Kochhaus. Jede ging ihren Weg, in sich verschlossen, die Gedanken bei dem möglichen Tod des Kindes.

So verpaßten sie auch das morgendliche Aufwachen des Dorfes, an dem sonst alles teilnahm: Das Vieh machte sich auf die Suche nach Futter, die Frauen hackten das kleine Gras um die Häuser weg, die meisten Männer gingen zur Kakaoplantage, wo das Unkraut zu schneiden war, und die Kinder machten sich fertig zur Schule.

Das alles nahmen die drei Frauen nicht wahr. Ihre Gedanken kreisten noch um das Kind im Kochhaus: »Der Sohn des Pfarrers könnte sterben.« – »Er könnte ja wirklich sterben.«

II

Wenn das Dorf am Tag ganz ruhig war zwischen dem lebensvollen Morgen und dem lebensvollen Abend, wenn die Väter und die Mütter auf den Feldern weit im Wald arbeiteten, wenn das Dorf so leer von Menschen war, daß die Kinder dachten, die Geister könnten sie jetzt besuchen, um diese Zeit war der Pfarrer immer beim alten Nachbarn, und sie spielten »Songo« auf seiner Veranda. Dieses Spiel war die Lieblingsbeschäftigung der Männer, die nicht aufs Feld gingen, und wurde daher »Spiel der faulen Männer« genannt. So trafen sich immer vier bis fünf hier, und das Spiel wurde dann laut und fröhlich. Im Haus des Pfarrers waren das Lachen und die Ermutigungsrufe sehr deutlich zu hören, wie auch die ständig sich wiederholenden Sprechchöre aus der neben der Kirche gelegenen Schule.

Die Frau des Pfarrers, die unter dem Druck der Krankheit ihres Sohnes stand, regte dies alles auf. Spannung und Ärger drückten sich in Schimpfworten aus. Ein Junge, der gerade vorbeiging, glaubte, nicht richtig gehört zu haben: Die Frau des Pfarrers hatte »Teufelsmusik« gesagt, als ihr Mann laut lachte. Dieser Vorfall reizte den Jugen zum Lachen. Aber kaum hatte er angefangen, wurde er von der Frau gerufen. Erschreckt zuckte er zusammen.

»Sag dem Pfarrer, ich rufe ihn!« befahl sie ihm.

Der Junge freute sich, daß es nicht mehr war. Er wußte, daß man oft mit einem größeren Auftrag rechnen mußte, wenn die Frau des Pfarrers rief. Sie war dafür bekannt, daß sie die Kinder für ihre Dienste ausnützte. Brauchte sie von der Nachbarin etwas

oder brauchte sie es gar aus dem weit entfernten, einzigen Geschäft der Gegend, so wandte sie sich regelmäßig an das erstbeste vorbeigehende Kind.
Noch ein zweites Kind hatte dem Pfarrer den Ruf seiner Frau ausrichten müssen, bis er das Spiel verließ.
»Was bist du denn für ein Mensch?« fing die Frau an, als der Pfarrer endlich da war. »Meinst du wirklich, du brauchst in dieser Situation nichts zu tun? Und was meinst du, was die anderen über dich denken, wenn du gerade jetzt nichts anderes zu tun weißt, als Songo zu spielen? Meinst du etwa, Simon liegt da zum Leben? Siehst du nicht selber, daß er . . .«
Sie brach in Tränen aus bei dem bedrohenden Gedanken, ihr Sohn könnte sterben.
»Was soll ich denn noch machen?« fragte der Pfarrer, der dabei, wie jedesmal, wenn er sich ärgerte, seine Augen sehr weit aufmachte. Man machte sich oft lustig über ihn und sagte, er sieht mehr als alle anderen Leute, aber nur im Ärger. »Was soll ich denn noch machen? Medikamente habe ich gestern mitgebracht. Sehr starke Medikamente. Mehr kann man im Moment doch nicht tun.«
»Aber ins Krankenhaus oder irgendwohin sonst könnten wir gehen. Ihn hier liegen zu lassen, das bringt ihm nichts! Nichts!« flehte die Frau.
»Und du denkst, daß sie ihn im Krankenhaus etwas anderes geben werden als diese Tabletten und Spritzen? Man sieht, daß du überhaupt nichts davon weißt. Hast du denn Geld dazu, ins Krankenhaus zu gehen?«
»Elanga könnte dir doch etwas von der Gemeindekasse leihen. Das hast du immer gemacht.« (Elanga war der Kirchenvorsteher, Buchhalter der Gemeinde.)
»Weißt du denn, wieviel ich dort schon schuldig bin?«
»Nein«, sagte die Frau.
»Dann hör auf, davon zu reden.«
»Ich höre nicht auf!« schrie sie. »Schuldig oder nicht, das macht jetzt nichts. Wir brauchen das Geld dringend. Wir brauchen es!« Sie schrie jetzt so laut, daß die Songospieler zusammenzuckten.

»Es donnert ja«, bemerkte einer; »hoffentlich kommt er wieder«, sagte ein anderer. Sie ließen sich aber dadurch nicht länger von ihrem Spiel abhalten.

»Wir brauchen es!« schrie die Frau weinend weiter. »Außerdem hattest du ja schon Schulden, als du letzte Woche bei Elanga Geld ausgeliehen hast. Aber das war dir wichtiger, weil es um Benzinkaufen ging. Mit dem Benzin kannst du ohne Grund mit dem Moped in der Gegend herumfahren. Oder vielleicht gibt es doch einen Grund, den nur du kennst und deine Freunde.«

Wie sollte es jetzt weitergehen? Jeder von beiden fühlte eine gewisse Schwäche in sich und hatte Angst, diese Schwäche könnte zu fatalen Folgen führen. Jeder hatte Angst, etwas zu verlieren, was für ihn von großer Bedeutung war, und konnte es doch nicht verteidigen.

»Wenn jetzt Entscheidungen getroffen werden sollen, dann gehen sie von mir aus und nicht von dir«, sagte der Pfarrer schließlich; »ich bin und bleibe hier der Mann.«

»Aber ich bin und bleibe die Mutter dieses Kindes. Und ich muß für sein Leben kämpfen.«

»Dann tue es, wenn du es kannst.« Mit diesen Worten verließ der Pfarrer den Raum und kehrte zu seinem Spiel zurück. Jetzt fühlte sich seine Frau völlig geschlagen. Sie fühlte sich zu allem unfähig. Sie wußte selbst, daß sie finanziell keine Möglichkeit hatte. Auch wenn sie Geld besäße, hätte es ihr jeder vorgeworfen, wenn sie sich allein auf den Weg zum Krankenhaus oder eventuell zum Medizinmann machte. Oder aber ihrem Mann würde vorgeworfen, daß er sie alleine gehen läßt. Und sie wußte, sie mußte ihn schützen, und sein Leben dazu.

Aber das Kind, das Kind könnte sterben.

III

»Das Kind könnte sterben.« Das dachte auch Ngele, eine der Frauen, die früh, nach dem Morgengebet, die elende Lage des Jungen Simon betrachtet hatten. Ngele wußte noch besser als die Frau des Pfarrers, in welcher Gefahr das Leben des Kindes stand. Sie hatte vor mehreren Jahren erfahren, daß diese Krankheit irgendwie mit dem Tod verbunden ist. Da hatte sie auch die Schmerzen einer Mutter erlebt, die einen Sohn in diesem Alter verliert. Ihr Mann Zanga hatte für das Leben ihres Kindes hart gekämpft und hätte vielleicht den Kampf gewonnen, wenn sie, als sie die Hoffnung beim Medizinmann nach zwei Monaten verloren hatte, das Kind nicht ins Krankenhaus gebracht hätte. Es starb einen Tag danach.

Sie hatte es damals nicht länger erdulden können, da sie in der Kirchengemeinde kurz vorher Diakonin geworden war, das Heil ihres Kindes bei einem Medizinmann zu suchen. So war sie schon von vornherein widerwillig hingegangen. Die Idee war von ihrem Mann gekommen. Ihm war es selbstverständlich gewesen, daß dies der einzig richtige Weg war. Zanga gehörte nicht zur Kirche. Er meinte, genau zu wissen, worunter ihr Sohn litt. Es war eine natürliche Krankheit, sie kam nicht von einem Zauberer oder von irgendwelchen bösen Kräften der Dunkelheit. Es ging um etwas, was im Bauch des Menschen ist. Es ist wie ein Wurm. In einem bestimmten Alter kann es verschiedene schwere Störungen hervorrufen, aber es kommt selten vor, und gerade diese Krankheit hatte ihr Kind gehabt. Zanga hatte es genau gewußt, und der Medizinmann weiß, wie da zu helfen ist. Die Behandlung dauert aber oft sehr lang. Wenn die Störungen nicht behandelt werden, kann es sein, daß man zehn Jahre lang darunter leidet. Sicher ist jedoch, daß man daran nicht sterben kann.

Zanga hatte das alles in seiner Jugend von seinem Vater gelernt, wie auch viele andere in seiner Generation und in den vergangenen Generationen. Er bedauerte sehr, daß die jetzige Generation es nicht akzeptierte, solche Sachen zu lernen, und daß sie in ähnlichen Fällen eher von Vergiftung oder Verzauberung sprach. Ihm war klar: Die junge Generation versteht nichts von Vergiftung und Verzauberung, bemüht sich nicht, davon etwas zu verstehen, und doch glaubt sie, davon zu wissen.

Er bedauerte, daß diese Sachen, die noch zu seiner Erziehung gehörten, die sein Leben gebildet hatten, jetzt so unverstanden waren. Er fühlte sich selber unverstanden. So versuchte er, seinem Sohn so viel wie möglich beizubringen, er würde ihn verstehen. Aber ihm war es nicht gelungen, diesen Sohn am Leben zu halten. Noch mehr bedauerte er, daß bei solchen Krankheiten von Malaria oder von Magenparasiten gesprochen wurde. Dies waren doch die einfachsten Krankheiten, die alltäglichsten, von denen jeder Mensch mindestens ein wenig verstehen sollte. Er merkte daran, daß diese Generation sogar ihr eigenes Leben nicht verstand.

Zanga hatte damals fest darauf bestanden, daß sie das Kind zum Medizinmann brachten, trotz der Proteste seiner Frau Ngele. Der Medizinmann wohnte zwanzig Kilometer von ihnen entfernt, und sie mußten bei ihm wohnen, wie auch viele andere Familien, die einen Kranken dahin gebracht hatten. Für die Versorgung mit Essen mußte Zanga oft nach Hause gehen. Dabei konnte er auch dringende Arbeiten erledigen. So blieb er manchmal zwei Tage zu Hause, bevor er wieder zu seiner Frau und ihrem Kind zurückkehrte. In einer dieser zweitätigen Abwesenheiten Zangas wurde seine Frau von einem plötzlichen Rückfall der Krankheit erschreckt, und da verlor sie das bißchen Hoffnung, das in ihr inzwischen gekeimt war. In der Nacht, kurz vor Sonnenaufgang, ging sie mit dem zehnjährigen Kind hinaus, trotz des Versuchs der anderen Patienten und deren Angehörigen, sie zu überreden, sie solle bleiben oder mindestens warten, bis ihr Mann zurückkommt. Aber sie wußte, wenn ihr Mann da ist, gibt es keine Chance mehr, daß die Flucht gelingt. Mit einem Buschtaxi fuhr sie ins Krankenhaus, das in der etwa vierzig Kilometer entfernten Stadt war. Hier mußte sie aber einen halben Tag warten, bis sie hinein kam, denn das ganze Personal des Krankenhauses hatte schon eine halbe Stunde vor zwölf, ohne Rücksicht auf Patienten, die Mittagspause angefangen. So mußte Ngele bis drei Uhr nachmittags warten.

Als Zanga am Spätabend ins Krankenhaus kam, lag das Kind sehr schwach auf einem großen Bett, und seine Frau betete daneben. Im Krankensaal mit Platz für zwanzig Betten standen nur drei Betten, und bloß eins war belegt. Es war dunkel, die Petroleumlampe Ngeles konnte nicht weiter leuchten als in die Ecke, wo ihr Kind lag. Der Betonboden machte dieses Zimmer kalt. Als Ngele ihr Gesicht erhob, bekam sie einen Schrecken; Zanga weinte. Dieses Bild wurde ihr unerträglich; das letzte Mal, daß sie ihn weinen gesehen hatte, war viele, viele Jahre her, damals, als sein Vater gestorben war. »Es ist also ernster geworden«, dachte sie.

Zanga verbrachte die Nacht teils neben dem Sohn, teils auf der Suche nach einem eventuell wachenden Krankenpfleger, den er nie fand. Erst am nächsten Tag erfuhr er, was gemacht werden sollte und was am Tag vorher gemacht worden war. Seine Frau wußte nur, daß man dem Kind drei Spritzen auf einmal gegeben hatte, weil es die Tabletten nicht nehmen konnte. Als nun Zanga zufällig einen entfernten Verwandten, einen der Krankenpfleger, traf, bat er ihn um Auskunft über die Behandlung und darüber, wie sie über den Zustand des Kindes dachten. Der Verwandte bekam die Karte des Kindes und stellte fest, daß es am Morgen weitere zwei Spritzen bekommen sollte, und daß dies alles Spritzen für Erwachsene waren, so wie die drei am Tag vorher. Sie wurden gerade gegeben, als beide Männer ins Zimmer hereinkamen. Gleich danach schlief das Kind ein, und um die Mittagszeit merkten sie, daß es tot war. Der Verwandte sagte Zanga später dazu, daß es zu starke Spritzen waren; er habe dies aber zu spät gemerkt.

Zu Hause wußte Ngele dann nicht mehr genau: Ist das Kind gestorben, weil sie ins Krankenhaus gefahren waren, oder wäre es auch beim Medizinmann gestorben?

Der Sohn des Pfarrers könnte sterben. Dieser Gedanke war jetzt immer wieder wie ein Schlag am Herzen Ngeles. Ihr war es ja nie klar gewesen, wie es wirklich um den Tod ihres Sohnes zugegangen war. Ihr Mann hat ihr natürlich oft gesagt, das Kind sei nicht an der Krankheit gestorben, sondern an den zu vielen starken Medikamenten, die »sie« ihm gegeben hatten. Aber sie wußte andererseits, daß die Medikamente nie zu viel sein können, wenn eine Krankheit gering ist, muß man viel Medikamente nehmen, damit sie gleich wieder weggeht und nicht bald wieder-

kommt. Ist sie aber schlimm, dann können nur viele Medikamente genug Wirkung haben. Sie konnte auch nicht verstehen, daß es eine Erwachsenendosis und eine Kinderdosis gibt. Sie wußte von Heilmitteln aus Baumrinden, Kräutern und Säften, daß sie von Erwachsenen und Kindern in gleicher Weise genommen wurden. Die Krankheit ist ja auch nichts anderes als eine Krankheit, meinte sie. Sie ist weder jung noch alt, sowie bei einem Kind als auch bei einem Erwachsenen. Deswegen muß sie gleich gekämpft werden, in jedem Fall mit starken Mitteln.
Auch ihr Mann wußte nicht genau, wovon es abhängt, daß eine zu starke Medikamentendosis so gefährlich sei. Er konnte es nicht erklären. Aber er war sicher, daß es sich so verhielt. Er hatte schon einmal gehört, daß die Medikamente giftig sind; deswegen muß man mit ihnen vorsichtig umgehen. Aber die Vorstellung von Gift in Medikamenten konnte auch er nicht so klar mit der heilsamen Wirkung verbinden. Seine Überzeugung war mehr eine Gefühlssache.

IV

Ngele brachte ihrem Mann sein Frühstück, das er immer auf seiner Veranda, zwischen der Arbeit auf der Kakaoplantage und der Feldarbeit, nahm. Er saß hinter einer Art Zaun, der die Veranda gegen Schafe und Ziegen schützte. Das Vieh suchte sich solche Stellen in der Regenzeit, die dann als Stall dienen sollten; sonst lief es im Freien herum.
Alle Leute im Dorf kannten diese Zeit und diese Stelle und besuchten Zanga oft da, der eine, um ihn um Rat zu fragen, der andere, um ihm ein Familienproblem vorzulegen. An jenem Morgen war aber keiner da. So konnte Ngele mit ihm ruhig sprechen, während er aß. Sie erzählte ihm von der Lage des Sohnes des Pfarrers und zeigte ihm ihre Angst davor, das Kind könnte sterben.
»Du mußt mit ihnen sprechen«, fügte sie hinzu, »Denn ich glaube, die wissen gar nicht, was passiert. Sie sprechen von Malaria oder Gelbsucht, und es scheint so zu sein, daß wieder von

Vergiftung oder von Verzauberung geredet wird, wie oft in der letzten Zeit. Ich habe aber erkannt, nach der Beschreibung der Frau des Pfarrers, daß es genau das ist, woran unser Sohn gestorben war.«

Zanga hörte ruhig zu. Er sprach wenig. Oft entgegnete er, wenn man wegen seines Schweigens ungeduldig wurde und fragte, warum er nichts sage: »Es hilft einem anderen mehr, ihm zuzuhören, als ihm zuzusprechen.« Er hörte seiner Frau immer voller Vertrauen zu, wie sie ihm auch. Er wußte, sie war sich dessen bewußt, wie schwer der Auftrag war, den sie ihm jetzt gab. Wenn sie trotzdem meinte, er solle es tun, dann würde doch die Lösung darin liegen.

»Ich kann das nicht mehr sehen ohne diese Angst, daß es zum Tode führt«, fügte sie nach einer Pause hinzu. »Sag ihnen mindestens, daß sie etwas tun müssen. Sie brauchen es unbedingt, daß jemand sie richtig berät.«

V

Am gleichen Tag ließ Zanga seinen Freund rufen. Das war Tita Meka, ein Onkel des Pfarrers. Obwohl die beiden Dörfer einen Tagesmarsch voneinander entfernt lagen, erfuhr Tita Meka noch am gleichen Tag vom Wunsch seines Freundes und machte sich am folgenden auf den Weg.

Beide Männer hatten sich als Kinder kennengelernt und hatten in der Freundschaft gelebt, die ihre Eltern lebten. Als junge Männer hatten sie alle wichtigen Erfahrungen gemeinsam gemacht. So waren sie zum Beispiel zusammen, als der eine oder der andere den ersten Besuch bei seiner Braut machte. Jetzt empfanden sie auch das gleiche der neuen Generation gegenüber.

Zanga wußte, sein Freund würde genau so viel über die Krankheit des Sohnes des Pfarrers wissen wie er. Durch die Verwandtschaft stand Tita Meka dem Pfarrer aber näher als er. Deswegen dachte Zanga, dieser sollte mit dem Pfarrer reden.

VI

Der Pfarrer war gerade in der Kirche, als sein Onkel ankam. Der Kirchenvorstand hatte Sitzung. Dazu gehörten acht Männer und zwei Frauen unter der Leitung des Pfarrers. Das Gremium entschied über die wichtigsten Fragen der Gemeinde. Solche Sitzungen hatten sie alle drei bis vier Monate, und sie dauerten einen ganzen Samstag. Am darauffolgenden Sonntag war dann jedesmal ein großer feierlicher Gottesdienst, in dem Konfirmation und Taufe und schließlich das Abendmahl gefeiert wurden.

Die Sitzung fand im engen Nebenraum der Kirche statt, welchen man durch eine schmale Tür erreichte. Links und rechts an der Wand saßen die Kirchenvorsteher und ganz am Ende in der Mitte der Pfarrer. Vor ihm stand ein Stuhl. In der Kirche aber warteten viele Leute, unter ihnen Mütter mit Babys. Leise Unterhaltungen, die hier geführt wurden, unterbrachen sich immer, wenn die schmale Tür sich öffnete, ein Kirchenvorsteher sich zeigte und einen Namen rief. Der Gerufene mußte dann hineingehen und sich auf den Stuhl vor den Pfarrer setzen, so daß er links und rechts die Kirchenvorsteher hatte und direkt vor sich den Pfarrer. Er mußte dann verschiedene Fragen von allen Seiten her beantworten. Die häufigste war, warum er die Jahressteuer bis jetzt noch nicht ganz bezahlt hatte. Es kam aber nur selten eine Erklärung dafür. Manche bezahlten gleich und wurden auch informiert, daß der Kirchenvorstand für gut befunden hatte, daß die Steuer im nächsten Jahr erhöht wurde. Mütter, die ihre Kinder für die Konfirmation oder für die Taufe anmeldeten, zahlten zusätzliche Gebühren.

Diese Sitzung war auch eine Art Gericht. Probleme verschiedener Arten und Stufen wurden hier besprochen, und die Strafe des Exkommunizierens wurde manchmal ausgesprochen.

VII

Als Tita Meka am Nachmittag angekommen war, war also nur die Frau des Pfarrers zu Hause. Er schaute sich das Kind an und informierte sich über seinen Zustand und die Dauer der Krankheit. Das alles war für die Frau des Pfarrers nicht leicht zu erzählen. In Tita Meka sah sie zwei Personen, die nicht gut zusammenpaßten. Die eine kam ihr wie ein Helfer vor, den man voll Vertrauen anrufen kann. Die andere aber war der von ihrem Mann fernzuhaltende Onkel. Die Schwierigkeit, mit beiden Figuren auf einmal zu sprechen, nahm ihr sogar die Freiheit, sich mit ganzer Offenheit zu äußern. Sie hätte ihm gerne ihre Angst davor gesagt, das Kind könnte sterben. Er solle seinen Neffen unbedingt überreden, seine Verantwortung als Vater endlich voll wahrzunehmen. Aber dieser Gedanke stieß sich mit dem Wissen um den Haß ihres Mannes gegen seinen Onkel. Ein Vertrauen zum Onkel wäre Hochverrat für ihn gewesen. Sie wurde sehr unruhig, und das merkte der Onkel, der glaubte, den Grund dieser Unruhe zu kennen.

»Das sieht zwar schlecht aus«, fing er an, »aber das Kind wird nicht sterben.«

Nach einer Pause wies er sie an: »Sag deinem Mann, wenn er kommt, daß ich da bin. Ich gehe jetzt zu Zanga und bin am Abend wieder hier.«

Sie spürte in jenem Augenblick, wie sie von ihrer schrecklichen Angst befreit wurde, und ihr Gesicht entspannte sich. Ihre müden Augen fielen auf das Kind. Es lag unbeweglich, gewiß, aber es lebte, und es würde weiterleben. Sie wußte und fühlte jetzt deutlich, daß man sich auf den Onkel verlassen konnte. Ihre Hoffnung war wieder da, eine stille Hoffnung, und jetzt schien es ihr noch dringender, etwas zu tun.

Sie war auch von der Spannung gegenüber Tita Meka befreit. Als ihr Blick sich vom Kind erhob, wendete sie sich umsonst um zu ihm, er war nicht mehr da. Schnell ging sie zur Tür, von wo aus sie ihm mit ihrem Blick noch folgen konnte. Er hatte schon die Straße überquert. Aus dieser Entfernung hatte er alles, was sich die Frau von einem Retter vorstellen konnte. Mit seinem langen »Pagne« wirkte er sehr vornehm. Bei seinem würdevollen Gehen merkte man kaum, da sich seine Füße bewegten. Ein solches ruhiges Weitergehen war das, was die Frau des Pfarrers für das Leben ihres Sohnes erwünschte. Alles hätte so weitergehen sol-

len, ohne äußeren Druck, ohne Angst, sicher und ruhig. Die Angst hatte er ihr weggenommen und die Sicherheit, daß das Kind leben wird, ihr gegeben.
Der Stock, den Tita Meka in der Hand hatte, kam ihr wie der richtige Wegweiser vor und wie die ideale Waffe für jedes Hindernis. Sie betrachtete ihn noch, als ein lauter Lastwagen die Straße durchfuhr und dabei riesige Staubwolken aufwirbelte. So wurde das Bild des »Retters« verwischt.
Es war noch nicht die Zeit, in der Zanga und Ngele vom Feld zurück sein konnten. Aber das war kein Grund für Tita Meka, es sich nicht auf dessen Veranda bequem zu machen. So nahm er auf einem der beiden Stühle Platz, die hier immer standen, und kaute langsam seine Colanuß. Zanga und seine Frau kamen jedoch bald zurück. Sie hatten damit gerechnet, daß der Freund um diese Zeit kommen würde. Rasch kamen beide Männer zum Thema.
»Genauso, wie es mit meinem Kind war«, kommentierte Zanga. »Du weißt auch, wie so etwas sich entwickeln kann. Du weißt genauso gut wie ich, wenn nicht besser, was da zu tun ist. Deswegen habe ich dich kommen lassen. Denn die wollen es alle nicht sehen. Keiner weiß, worum es geht. Die einen sprechen von Malaria, die anderen von Gelbsucht, von Magenwürmern usw. Es ist, wie wenn sie sich lustig machen würden. Ich frage mich, in welcher unbewußten Weise heute gelebt wird.«
Das Gespräch lief mit langen Pausen von beiden Seiten.
»Mein Vater sagte immer«, fügte er später hinzu, »›wer aus Spaß eine Falle legt, der fängt Ernst‹. So sehe ich diese Gesellschaft heute spielen. Sie sehen nicht, wo sie hinlaufen, und das Loch, das vor uns ist, wird immer breiter und tiefer. Alle werden wir da hineinfallen.«
»Ja, du hast recht, Zanga«, sagte Tita Meka, »man amüsiert sich jetzt zu sehr mit dem Leben. Es wird nichts mehr ernst genommen. Aber da hast du wieder zu wenig gesagt, wie du es oft machst. Es stimmt nicht, daß wir zu dem bedrohenden Loch laufen. Wir stehen schon davor. Und was wirklich geschieht, dafür ist mein Neffe ein Beispiel: Jemand bringt ein Kind zur Welt,

und aus Unwissenheit oder Nachlässigkeit scheint er nicht zu wissen, was dieses Kind eigentlich für ihn ist. Er hält es über das Loch, vergißt dabei, daß die eigenen Hände schwach sind; das Kind kann leicht fallen. Doch der Tag, an dem das Kind hineinfallen wird, der wird auch das Ende seines eigenen Lebens sein. Denn wie soll er sonst weiterleben können?«
Die beiden schienen nicht gemerkt zu haben, daß Ngele das Essen gebracht hatte. Die Atmosphäre wurde immer schwerer, und die Pausen wurden immer länger. Dabei schauten beide Männer vor sich hin, wie wenn jeder versuchte, mit scharfem Blick eine dicke vor ihm stehende Mauer zu durchdringen. »Wie kann jemand zu seinem Ende laufen?« fragte sich Zanga. Nach einer Pause fügte er hinzu: »Sie sprechen alle von ›neuer Zeit‹ gegen unsere ›alte Zeit‹, die ihnen nichts sagen kann, und viele predigen das Weitergehen, und doch halten sie die Kinder über dem Loch.«
Wie lange sie diese Unterhaltung führten, kann man nicht genau sagen. Sicher ist nur, daß die beiden Männer nicht merkten, daß die immer dunkler werdende Decke, die auch deutlicher zu spüren war, langsam um sie herumkreiste. Bald stieg der Mond über den Wald, um das Dorf zu begrüßen, und beeinflußte die Stimmung. Auf einem Hof spielten Kinder, die dann von ihren Müttern gerufen wurden; eine junge Mutter sang ein Wiegenlied; ein Kind weinte, weil es die Mutter geärgert hatte und deshalb seine Strafe bekam; die laute, über seine Frau schimpfende Stimme eines betrunkenen Mannes ließ sich im ganzen Dorf hören. Auch die Insekten und Waldtiere gaben Laut.
»Es ist immer noch Leben«, sagte Tita Meka, diesmal etwas lauter und lebhafter. »Es muß nur bewußt getragen werden. Ich gehe jetzt zu meinem Neffen. Es wird nicht einfach sein, mit ihm zu sprechen. Aber ›der Albino muß zuerst unter Mondlicht tanzen, erst dann passiert etwas‹.«
»Ich muß noch zwei Kranke besuchen und gehe jetzt«, sagte Zanga.

VIII

Nach einer förmlichen, aber kalten Begrüßung mit dem Pfarrer stieg Tita Meka gleich ins Problem ein.
»Was hast du vor, mit dem Kind zu unternehmen?« fragte er.
Der Pfarrer schien die Frage ganz anders gehört zu haben als sonst, denn er nahm sich jetzt Zeit und überlegte. Jedoch nannte er die gleichen Pläne wie seiner Frau am Tag vorher.
»Weißt du überhaupt, was das Kind hat?« fragte Tita Meka weiter.
»Ja, es hat wahrscheinlich Malaria, möglicherweise auch Gelbsucht.«
»Woran erkennst du hier Malaria und Gelbsucht?«
»Man hat gesagt...«
»Nicht: Man hat gesagt«, unterbrach der Onkel, »was sagst du selbst?«
Darauf geriet der Pfarrer in plötzlichen Zorn.
»Bist du hergekommen, um mir sinnlose Fragen zu stellen? Wer hat dich gerufen? Was willst du? Was mischst du dich in meine Sachen? Ich mag übrigens von euch keinen Besuch, während mein Sohn krank ist. So harmlos seid ihr nicht.«
Tita Meka hörte das ohne Reaktion an. Er verstand diese Worte gut. Er war einmal in seinem Dorf als Mensch hingestellt worden, der zu fürchten sei. Der junge Dorfchef hatte ihn offiziell angeklagt, er hätte »Kong« und seine Frau Gift. Daß Tita Meka »Kong« hätte, daß hieß zunächst, das er vier Augen hätte, aber auch, daß er in Verbindung mit Leuten vom Koupé-Berg stünde.
Die »Vieräugigkeit« war eine geheime Vorbereitung für das Leben, die früher für jeden Menschen vorgesehen war. Man bekam damit schon als Baby die Möglichkeit, klar in der Welt zu sehen: zu spüren, wenn ein Zauberer in die Familie eintreten wollte oder wenn einer aus einem anderen Dorf etwas Böses vorhatte. So konnte Unglück rechtzeitig abgewendet werden. Tita Meka hatte gewiß vier Augen.
Die Verbindung mit dem Koupé-Berg würde aber bedeuten, daß er Menschen zum Sklavendienst hinschickte. In den Augen

aller war jemand, der ein Kong-Sklave wurde, verstorben. Der Tod kam auf normalem Wege (Krankheit, Unfall). Für denjenigen aber, der Kong hatte, war der Verstorbene nur eingeschlafen, und er holte ihn in der Nacht wieder ab, innerhalb der ersten zwei Wochen nach der Beerdigung, und schickte ihn nach Koupé. Es wurde sogar behauptet, daß man ihn dort sehen könnte, aber daß er stumm sei. Kein Mensch konnte jedoch sagen, wo der Koupé-Berg sei. Diese Gerüchte hatten sich im Dorf und in der Umgebung verbreitet und erzeugten eine Distanz zwischen Tita Meka und anderen Leuten.

Die Beziehung zwischen ihm und dem Pfarrer wurde aber noch durch eine andere alte Geschichte belastet, die mit seinem anderen verstorbenen Onkel verbunden war.

Dieser Onkel war einer der bekanntesten Alkoholiker der Gegend gewesen. Oft, nachdem er getrunken hatte, stand er vor seinem Haus und redete über alles, was ihm gerade ins Gedächtnis kam, und dies so laut, daß man ihn im ganzen Dorf hören konnte. So fiel es einmal aus seinem Mund, daß sein Bruder Tita Meka seinen Sohn (er meinte damit den Pfarrer) Tag und Nacht suchte; was will er von ihm? Diese Aussage meinte, daß er das Leben des Pfarrers auf irgendeine Weise zerstören wollte. Der Pfarrer selbst war damals nicht da. Das war in der Zeit, als er noch die theologische Schule besuchte. Aber zwei Tage später war er im Dorf, für die Zeit seiner Ferien. Er kam mit der unangenehmen Nachricht, daß er die Trimesterprüfung nicht bestanden habe. Gleich erfuhr er die Neuigkeit, daß sein Onkel ihn möglicherweise »Tag und Nacht suchte«. Das habe sein anderer Onkel in einer seiner Saufreden verbreitet. Aber diese Reden enthielten oft einen großen Teil Wahrheit, also sollte er aufpassen. Der Pfarrer fand damit gleich die Erklärung für seinen Mißerfolg bei der Prüfung. Ohne sich zu fragen, inwiefern dies wahr sei, ließ er sich von seiner Mutter überreden, daß er sich auf mögliche Attacken seines Onkels vorbereiten solle. Das tat er auch, in der Nacht, bei einem Medizinmann.

Das Mißverhältnis, das sich seitdem zwischen Tita Meka und seinem Neffen entwickelte, ließ sich durch nichts stoppen.

Nicht einmal der Vater des Pfarrers hatte das Vertrauen wiederherstellen können. Noch vor seinem Tod hatte er seinem Sohn gesagt: »Ein Mensch bleibt am Leben, solange er mit anderen Menschen zusammengeht. Diese Trennung von deinem Onkel darf nicht fortbestehen. Du kannst nicht auf einmal alles vergessen, was Tita Meka für dich getan hat. Du weißt auch selber, wie eng ich mit ihm gelebt habe. An ihm habe ich seit unserer Kindheit nichts auszusetzen. Du kannst noch viel retten. Dein Onkel will nur dein Gutes.« Auch diese Worte hatten nichts geändert. Am Leben bleiben bedeutete für den Pfarrer, in Entfernung von Tita Meka, dessen Frau und Kindern zu leben.
So wußte Tita Meka, wie er die Fragen des Pfarrers zu verstehen hatte. Der Pfarrer fürchtete, die Krankheit Simons sei möglicherweise mit Tita Meka verbunden; es könnte sein, daß er ihn durch seinen Sohn weiter »sucht«. Er empfand die Gegenwart seines Onkels daher als unangenehm. Dieser aber ließ sich deswegen nicht entmutigen.
»Laß doch diese alten Geschichten«, antwortete er nach einer Pause. »Wenn du die Situation deines Sohnes nicht ernst genug findest, dann möchte ich dir gleich sagen, daß sie sehr ernst ist. Also mußt du dich jetzt damit befassen und all den anderen Unsinn weglassen.« Hier machte er wieder eine Pause. »Diese Krankheit ist selten, aber das ist nicht das erste Mal, daß ich vor ihr stehe. Was du selber nicht erkennen willst, das ist die Tatsache, daß du davon nichts verstehst, und das ist das schlimmste. Gut, wo du meinst, daß ich mich nicht einmischen darf, weil es deine Sache ist, darüber werde ich nichts sagen und nichts tun. Aber da, wo ich meine Sache sehe, darfst du mich nicht hindern.«
Der Pfarrer war unruhig geworden und hörte anscheinend nicht zu. Man hätte denken können, ihm wäre es lieber, seinen Onkel auf einmal wegzuschicken. Aber er wußte nicht, wie er das anfangen sollte. Tita Meka aber ließ ihn nicht länger überlegen:
»Ich respektiere die Tatsache, daß du ein Pfarrer bist, und ich habe eigentlich gedacht, du hättest als Pfarrer eine weite, klare Sicht über das Leben.«

Darauf entgegnete der Pfarrer: »Du gehst nicht in die Kirche. Worauf beziehst du dich: ›was ein Pfarrer wissen soll‹? Willst du auch mit deinem Mund jetzt in diesen Bereich meines Lebens eindringen?«

»Das will ich nicht«, antwortete Tita Meka. »Ich kenne die Kirche, auch ohne hinzugehen. Und ich gehe nicht hin, weil sie sich abgekapselt hat. Ihr meint, sie gehört euch, sie ist euer Leben, von dem wir anderen fernbleiben sollen. Weißt du, ich halte sehr viel von der Kirche, denn was das Leben ist, das sagt keiner besser, als sie es sagt. Aber das habt ihr nicht erkannt, und ihr habt sie zur Zerstörerin des Lebens gemacht. Ihr habt sie als Waffe gegen das Leben genommen, statt es damit zu stützen. Wir stehen außen, sind aber nicht blind. Wir sehen, was ihr mit eurer Kirche macht und wozu sie euch dient.«

Der Pfarrer wurde immer wütender. »Raus mit dir!« schrie er, »ich will nicht, daß du länger in meinem Haus bleibst!«

»Ich will nicht gehen und werde es auch nicht tun. Ich bin wegen der Krankheit Simons hier. Diese Situation muß geklärt und etwas unternommen werden.«

Die Frau des Pfarrers blieb dem Gespräch lieber fern. Sie war die ganze Zeit im Kochhaus. Dann aber kam sie wie zufällig vorbei. Tita Meka nützte das aus und bat sie, dazubleiben.

»Ich bin hier, weil ich erfahren habe, daß Simon krank ist. Ich bringe aber keine fertigen Rezepte mit. Unsere Väter sagten: ›Fällt die Last vom Kopf herunter, dann sind noch die Schultern da.‹ Und da füge ich hinzu, der Kopf könnte den Mut nicht haben, die Last zu tragen, wenn er nicht wüßte, daß die Schultern da sind. Mein Sohn, dieses Leben kannst du nicht so leben, wie du es leben willst. Laß dich nicht von anderen Menschen trennen, ohne daß du es begründen kannst. Dein Sohn und sein Leben liegen auf uns allen. Anders kann und darf es nicht sein. Ja, ich muß nicht hier sein, aber ich sage dir, diese Last wirst du nie allein tragen können. Vergiß zuerst, daß es sich um Malaria oder Gelbsucht oder was alles erzählt wird, handelt. Wie ich schon sagte, das Kind wird nicht sterben. Aber es muß leben, und darum muß etwas getan werden. Diese Krankheit kann sehr lange dauern und das ganze Leben eines Menschen zerstören. Und jetzt etwas verkehrt machen, das könnte auch das Kind das Leben kosten. Deswegen sage ich euch gleich: seid vorsichtig.«

»Sag uns, was meinst du, was wir tun sollen?« fragte die Frau des Pfarrers.

»Was fängst du an?« rief der Pfarrer. »Willst du dich bei den ersten klugen Reden beugen?«

»Ich möchte, daß das Kind gesund wird! Das ist mein einziges Anliegen«, rief sie zurück. Der Pfarrer ließ sie den Satz aber nicht zu Ende sprechen:

»Ich will nichts mehr hören!« Er wandte sich zu Tita Meka: »Deine Hilfe brauche ich nicht. Mein Kind ist mein Kind. Kümmere dich um deine und überlaß mir meines.« Dann wandte er sich wieder zu seiner Frau: »Und von dir will ich überhaupt nichts mehr hören. Das war mein letztes Wort!«

Darauf ging er hinaus. In die Stille hinein, die nach seinen letzten Worten entstanden war, hörte man den Kauz rufen, ein Ruf, der Angst aufkommen ließ. Die Frau ging auch hinaus, weinend, und schloß sich im Kochhaus ein.

Tita Meka saß nun allein im Wohnzimmer. Er schaute eine lange Zeit auf den Boden. Man hätte denken können, er hörte konzentriert auf den Chor der Insekten draußen, der sehr laut geworden war. Man hätte denken können, er hörte da mysteriöse Harmonien, die dem Kind das Heil bringen könnten und die doch unfähig blieben, dieses Ziel zu erreichen. Langsam stand er auf und murmelte: »Wenn die Menschen ihre Last nicht mehr tragen können, dann wird sie zu Boden fallen.«

Im Bett machte er kein Auge zu. Das Ganze ging ihm wieder durch den Kopf: das Gespräch mit Zanga am Nachmittag, das Gespräch mit dem Pfarrer, die nächste leidensvolle Zeit, die das Kind verbringen wird, die ganze Vergangenheit mit seinem Bruder, dem Vater des Pfarrers; und er dachte, wenn jener am Leben wäre, wäre diese Situation nie ein Problem geworden. Er erinnerte sich daran, wie der Pfarrer selber als kleines Kind oft unter starken Malariaanfällen gelitten hatte. Sie kamen immer in der Nacht. Da holte ihn immer sein Bruder. Er ging dann jedesmal mit dem Kind in den

Wald, legte es unter den Ekuk-Baum, machte ein Feuer und ließ Saft aus dem Baum durch Kerben auf das Kind fließen; langsam wurde das bewußtlose Kind wieder wach. Sein Bruder kannte die Behandlung sehr gut und hätte sie auch selber durchführen können, aber er hatte ihn jedesmal geholt, weil es so zum Leben gehörte.

Tita Meka schien es so zu sein, daß die Menschen das Leben nicht weiterführen wollten. Sie wollten nicht das, was gewachsen war, in die Zukunft hineinführen.

Der Pfarrer, der verschwunden war, ohne daß seine Frau wußte, wo er sich aufhielt, kam erst sehr spät zurück. Dann verbrachte auch er eine unruhige Nacht. Er träumte von einem toten fremden Kind. Es lag auf seinen Knien. Um ihn herum standen viele, viele Leute, alle fremd. Sie weinten, Männer und Frauen. Alle schauten ihn drohend an. Ganz hinten erkannte er seinen Vater. Dieser schien ihm etwas zu sagen. Er aber konnte nichts verstehen. Es war zu laut um ihn. Und hinter ihm stand ein Mann, der dauernd schrie: »Laß es los! Laß es los! Laß das Kind los!« Er wollte aufstehen und versuchen, zu seinem Vater zu gehen. Aber er konnte nicht aufstehen. Er war wie auf dem Stuhl festgeklebt, und der Stuhl im Boden verwurzelt. Er hatte Angst und wollte schreien. Da wachte er aber auf. Als er später wieder einschlief, kam der gleiche Traum. Und so die ganze Nacht hindurch.

IX

Am Sonntag früh saßen Zanga und Tita Meka auf der Veranda. Sie frühstückten und unterhielten sich. An der Kirche schlug der Katechist die zweite Trommel, längere Zeit vor dem Gottesdienst.

Langsam und nachdenklich schritt der Pfarrer auf die zwei alten Männer zu. Zuerst schienen sie ihn nicht zu bemerken. Aber jetzt kam er immer näher, und da unterbrachen sie ihre Unterhaltung. Eine Weile stand er stumm vor ihnen. Sie schauten ihn überrascht an. Mit schwerer Stimme fragte er: »Was sollen wir tun?«

Tita Meka sah Zanga fragend an: »Hat er ›wir‹ gesagt?« – »Er hat wirklich ›wir‹ gesagt.«

Simon würde leben.

DER GROSSE STUHL MACHT NOCH KEINEN KÖNIG

Ein Sprichwort aus Kamerun steht über dem Buch, in dem von etwa hundert jungen Kamerunern Aufsätze und Erzählungen gesammelt sind. Mechthild Clauss war Deutschlehrerin in Libamba und hat dort begonnen, von Tierfabeln und alltäglichen Geschichten bis zu modernen Erzählungen Material für dieses Buch zusammenzutragen. Voran steht ein Satz von Martin Monessa: Es gibt nicht mehr nur die kleine Familie von unserem Dorf, sondern die große Familie von dem Menschengeschlecht. Fast alle Texte sind in deutscher Sprache geschrieben: Die schönsten Geschichten des Großvaters, Bildnisse von Menschen, Dinge, die sie lieben, Zeichen der neuen Zeit, Wünsche, Pläne, Träume, Gespräche, Arbeitslosigkeit, Alkoholismus, Stellung der Frau. Zwei Erzählungen von Arthur Si Bita (Der Tod des Sohnes) und Samuel Ndongo (Das Gericht der Ahnen) hat die Herausgeberin übersetzt.

Ein Höhepunkt des Buches ist ein »Brief nach Deutschland« von Jean Myébé, Schüler der Seconde. »Ich glaube, daß unsere Korrespondenz nicht bei uns beiden stehen bleiben will, sondern wir müssen sie ausdehnen und die Verbindungen zwischen jungen Deutschen und jungen Kamerunern erleichtern ...«

»Die Schüler haben aufgeschrieben, was sie vom Großvater am Feuer hörten: Tierfabeln und Ereignisse der jüngeren Geschichte; sie haben festgehalten, welchen Weg sie selbst gegangen sind – und wie sie sich ihre eigene Zukunft, die ihres Ortes, die ihres Landes vorstellen. Einige Aufsätze berichten vom Ineinander afrikanischen und europäischen Denkens, vom Gegeneinander magischen Weltverständnisses und christlicher Welterklärung. Das Buch ist ein Beitrag zum Brückenbau des Verstehens zwischen der Jungend zweier Kontinente.«

Dies schrieb die Monatszeitschrift »Entwicklung und Zusammenarbeit« über das Buch von Mechthild Clauss: Der große Stuhl macht noch keinen König. (190 Seiten)

VERLAG DER EV.-LUTH. MISSION ERLANGEN

WIR KINDER NAMIBIAS

Eine Lebensgeschichte von Magdalena und Erastus Shamena, deutsch von Leena Vallisaari und Thomas Rimmler

»Bei einer dieser Veranstaltungen traf ich eine Lehrerin ... geschickt darin, jungen Leuten Lieder beizubringen. Sie konnte jeden Text besser als jeder von uns auslegen. Ein sehr tüchtiges Mädchen. – Diese junge Lehrerin war für mich zuerst ein Kollege wie jeder andere. Eines Tages sah ich plötzlich, welch ein schönes Gesicht sie hatte. Einmal brachte ich ihr einen Mantel zum Flicken: Fräulein Lehrerin, würdest du mir helfen?«

»Nach einem Jahr brachte mir Erastus seinen Mantel zum Flikken. Der Halunke wollte herausbekommen, ob ich flicken konnte. Ohne Böses zu ahnen, sagte ich zu. Nach einer Zeit wurde mir mitgeteilt, Erastus habe um meine Hand angehalten.«

Magdalena und Erastus Shamena erzählen ihre Lebensgeschichte und die Geschichte ihrer Familie. Sie ist hineingewoben in die moderne Geschichte Namibias, denn Erastus wird für Monate inhaftiert, wird gefoltert, muß seine Heimat verlassen; Magdalena schreibt den »Brief der Frauen Namibias« an den Generalsekretär der Vereinten Nationen, um auf die Bedrükkung ihres Landes hinzuweisen. Auch sie und später einige ihrer Kinder müssen ins Exil.

Die beiden Lehrer haben sich im Exil erneut auf die Schulbank gesetzt und akademische Grade erworben. Ihre Lebensgeschichte, die sie, Kapitel um Kapitel abwechselnd in diesem Buch erzählen, ist ein beeindruckendes Zeugnis von christlichem und gewaltlosem Einsatz für die Unabhängigkeit ihres Heimatlandes und die Freiheit ihrer Landsleute.

»Faszinierend, wie die Shamenas, unbekümmert und mit eisernem Willen, ihr Ziel verfolgen, ein freies und demokratisches Namibia verwirklichen zu helfen.« So schreibt der »Informationsdienst« der Einkaufszentrale für öffentliche Bibliotheken über Magdalena und Erastus Shamenas Lebensgeschichte: Wir Kinder Namibias. (168 Seiten)

DEINE HAND LAG SCHWER AUF MIR

Andreas Ruben Khosa aus Südafrika war sechs Jahre lang Mitarbeiter der Evangelischen Kirche in Kurhessen-Waldeck. Seine Lebensgeschichte ist das Abschiedsgeschenk an viele Freunde, Familien und Gemeinden, die den afrikanischen Pastor als Bruder erlebten. Er legt seine Herkunft, seinen Glauben, seine Fragen offen.

»Als es Abend wurde, gingen wir daheim weg. Ich mußte am Abend vor meiner Einführung als Medizinmann zum ersten Mal zu meinen ›Ahnen‹ gehen und sie um ihren Segen bitten ... Als der Morgen kam, hatte ich mein Ziel erreicht. Missionar Hagens forderte die Gemeinde auf, mich anzuschauen. ›Ihm ist Gott begegnet. Er bat uns, ihn zu taufen. Wir tun dies, wie Gott es uns befiehlt.‹ Ich fühlte mich wie neu geboren. Die Kraft, die mich von zu Hause wegführte, war die Kraft Gottes, die ich jetzt empfing.«

»In diesem Buch kommt ein Betroffener zu Wort, ungeschminkt und unverfälscht; Ecken und Kanten wurden nicht abgeschliffen, seine sperrigen Erfahrungen lassen sich in kein Schema pressen. Der Erfahrungsbericht macht deutlich, wie ›alt‹ und ›neu‹ im Glauben neben- und ineinander liegen, daß es keinen absoluten Bruch zwischen den beiden Bereichen gibt und daß die eigene Tradition und die befreiende Botschaft der Bibel in Spannung zueinander stehen bleiben. Khosa verschweigt weder seine Rückfälle, Ängste und Depressionen noch seine kritischen Anfragen an europäisches Gedankengut in südafrikanischen Missionskirchen. Und er bezeugt den Menschen seine Liebe, die ihm auf seinem Weg wichtig wurden.« So schreibt das Missionsmagazin »darum« aus Stuttgart über Andreas Ruben Khosa und sein Buch: Deine Hand lag schwer auf mir.

(210 Seiten)

VERLAG DER EV.-LUTH. MISSION ERLANGEN